Pecados con tu nombre

Pecados con tu nombre

LUIGI LESCURE

9 Signos Grupo Editorial, 2007

P.
863
L564   Lescure, Luigi
         Pecados con tu nombre / Luigi Lescure. – Panamá : 9 Signos
         Grupo Editorial, 2007.
           104p. ; 21 cm.

ISBN 978-9962-660-09-5

        1. LITERATURA PANAMEÑA – CUENTOS
        2. CUENTOS PANAMEÑOS   I. Título.

Colección *Anclajes*   No.6

Pecados con tu nombre

© Luigi Lescure, abril 2007
© 9 Signos Grupo Editorial, S. A., abril 2007

ISBN: 978-9962-660-09-5

Portada:
José Ángel Cornejo   *jcornejo@cwpanama.net*
Diseño Gráfico y Diagramación:
Silvia Fernández-Risco   *silfer@cwpanama.net*
Fotografía de portada:
Tito Herrera   contact@titoherrera.com
Modelo:
Aillen Sosa
Editor:
Enrique Jaramillo Levi   *9signos@gmail.com*

Impreso en Universal Books
Panamá, República de Panamá

Buenos consejos

¡Ay, amiga! No sé qué decirte, y es la primera vez, en tantos años de amistad, que algo así me sucede. Desde la escuela siempre tuve algún consejo, más sincero que sabio, para ofrecerte. Y es que siendo casi de la misma edad, y viviendo en el mismo barrio, difícilmente podíamos tener más sabiduría una que otra. Sin embargo, yo siempre fui, y no puedes negarlo, más seria y más centradita que tú, la alocada, impulsiva y rebelde. Siempre me pareció increíble cómo siendo tan diferentes, aún así, podíamos ser tan buenas amigas y querernos tanto. Estoy segura que tú pensabas y sentías igual. Por eso, cada vez que algo te atormentaba corrías a preguntarme mi opinión. Claro que no siempre me hacías caso. Como la vez cuando te dije que no te metieras con Abdiel, y ya ves, saliste preñada y él salió de tu vida dejándote a Marquitos en tu vientre quinceañero. Y qué podías esperar de un bueno para nada, con diez años más que tú, desempleado y sanguijuela de sus padres. Era obvio que sólo quería aprovecharse de una chiquilla. Por suerte, ese episodio sólo te arruinó la fiesta de cumpleaños y no la vida. Tanta adversidad pudo derrumbarte, pero te sobrepusiste para procurar que a tu hijo no le faltara nada. Incluso durante el momentáneo abandono de tu familia. ¿Recuerdas? ¿Dónde te refugiaste? Conmigo, en mi casa. Allí te adoptamos desde tu tercer mes de embarazo hasta cuando Marcos iba para su primer añito. Creo que durante ese periodo mis consejos fueron más valiosos que nunca: estás tomando demasiado, no fumes que es malo para el bebé; aléjate de fulano, no te metas con mengano, no le aceptes regalos ni dinero a perencejo, no salgas tanto, espera por un hombre bueno, reconcíliate con tus padres, busca ayuda, ve donde un psicólogo o un psiquiatra, y así... Por fortuna, en mayor o menor medida, siempre me escuchabas. Sólo en cuestiones de hombres hacías lo que se te antojaba.

Sabes que me oponía a tus conquistas porque para ti, en esa época, los asuntos de pareja eran sólo un juego ¡Vaya si rompiste corazones, sin que nadie jamás ganara el tuyo! Ni siquiera Javier. Por lo menos con él sí seguiste mi consejo y se casaron. Ese hombre sí te ama. Te amó siempre. Nunca le importó tu pasado ni tu reputación algo pisoteada y, lo mejor de todo, quiso a Marquito como si fuera suyo desde el instante que lo conoció. Yo diría que se enamoró a primera vista tanto de ti como de tu hijo. ¡Qué suerte tienes, amiga! No sé cómo no lo quieres. Le tienes cariño, sí, pero no lo amas. Al menos con él dejaste de jugar y te enseriaste. Cada día me convenzo más de que aconsejarte que te casaras con él, con la esperanza de que llegarías a quererlo, fue mi mejor consejo. Pedirte que lo cuidaras, que pensaras bien lo que estabas haciendo, que arriesgar dos años de matrimonio y un hermoso futuro por el imbécil ese de Fabián no valía la pena, que no te involucraras con un hombre casado, ¿para qué destruir dos hogares? Ese fue el segundo mejor, a pesar de cómo terminarían las cosas.

Lo cierto es que si no contesto tu celular aquel día que fuimos a comer a Multiplaza, jamás me hubiera enterado de la existencia de ese hombre en tu vida. El muy tonto confundió tu voz con la mía y se soltó un empalagoso repertorio de frases amorosas que sólo interrumpió tras mi prolongado silencio y colgó. Tú no tuviste más remedio que confesarme que habías estado saliendo con él. Me acuerdo que incluso comparé a Fabián con Abdiel. Te dije que no se podía esperar nada bueno de un cuarentón, casado y con hijos grandes. Que seguramente sólo quería divertirse con una mujer joven y guapa como tú, que apenas tenías veinticinco. Te advertí que en la cabeza de tipos así las mujeres casadas son las mejores para una aventura, porque después de que se las cogen ellas no joden. Tú me contestaste que me estuviera tranquila, que no había pasado nada entre ustedes. Me mentiste. Claro que no lo supe sino hasta después de hablar con Fabián.

Me lo encontré, por pura casualidad, allí mismo en Multiplaza, un mes más tarde. Me reconoció porque tú le habías enseñado las fotos de tu celular. Para serte sincera, después de que se identificó yo quise esquivarlo, pero insistió tanto en que habláramos que accedí. Me confesó que en realidad te estaba buscando, desesperado, para hablarte frente a frente ya que no respondías sus llamadas ni sus e-mails. Él sabía que los miércoles solíamos comer juntas, pero ese día tú tenías una cita con tu psiquiatra. Debí suponer que tus repentinas depresiones tenían algo que ver con el rompimiento abrupto de su relación. Sin embargo, en nuestra primera conversación no le dejé saber sobre tu estado, me limité a escucharlo. Así empecé a entender muchas cosas. ¿Y sabes qué descubrí detrás de sus palabras? A un hombre sinceramente enamorado y obsesionado, pero con una fuerte conciencia que lo obligaba a mantener su hogar. Me explicó que nunca quiso jugar contigo. Es más, admitió haber intentado alejarse de ti desde la primera vez que te vio, porque en ese mismo instante tuvo la extraña certeza de que por ti sería capaz de poner en peligro todo lo que tenía en la vida. Sin embargo, para él, sus hijos lo son todo y no quería decepcionarlos ni lastimarlos, además de que entendía que tu situación era similar porque ninguno era plenamente feliz con su cónyuge. Pero una cita fue dando pie a la siguiente y el resto es historia. Pese a todo, él sabía que tarde o temprano lo de ustedes terminaría, pero no esperó que fuera así, de tajo, sin mediar palabra ni razones. Me pidió que te explicara sus sentimientos, pero yo jamás te dije nada porque de pronto comprendí que finalmente te habías enamorado y mencionártelo sería echar al traste la lucha contigo misma por sacártelo de la mente y del corazón y, por primera vez en tu vida, en materia de amor, hacer lo correcto.

Así que no entiendo tu insistencia, ese contra ataque. ¿No ves que quererlo te hace daño? Déjalo tranquilo. No lo llames ni lo busques más. Entiende que él sigue casado, con una familia socialmente feliz. Y hasta tiene otra amante: yo. Ese papel me va mejor a mí que a ti en su vida. Ahora soy yo la que quiere ser impulsiva, dejarse llevar.

¡Ay amiga!, no sé qué decirte. Cualquier cosa menos perdón. Sólo te voy a dar un último consejo. Ni te le acerques, puta de mierda, o le cuento todo a Javier. ⅋

Enamorada

Ha arreglado la casa con esmero, preparado la cena y puesto la mesa. Mira el reloj: faltan diez para las nueve. Ya pronto llegará. Corre a maquillarse y a vestirse. Estrenará el vestido que le regaló. Diana quiere que todo esté bien, quiere lucir hermosa. Hoy es una noche doblemente especial: cumplen tres meses de estar saliendo y ya no tendrán que verse a escondidas de Samuel.

Al principio no fue fácil para Diana entender lo que sentía. Cuando se conocieron en la discoteca, la atracción fue mutua e instantánea. Bastó una mirada para reconocerse tal para cual. Y aunque se prohibió adentrar en una relación desconocida, no resistió la curiosidad de una primera cita para almorzar, en donde la maravilló con sus encantos, y no pudo evitar la tentación de volver a disfrutar con su presencia.

Y de cita en cita fue desarrollando emociones y deseos nuevos tan fuertes, tan incondicionales, y con tanta irreverencia hacia Samuel, que la posibilidad de serle infiel la hacía sentir culpable y avergonzada. Sólo cuando se entregó por completo, terminó aceptando que se había enamorado realmente y decidió confesarle al hombre que creyó amar por dos años que todo había sido un error, que quería dejarlo y que en efecto había otra persona.

Por supuesto que Samuel no comprendió que le hacía un favor liberándolo de ella y de una relación que se había tornado costumbre. Pero se marchó con su hombría traicionada y herida; no sin antes insultarla y recordarle que jamás sería feliz. Pero al diablo Samuel y sus palabras. Al diablo lo que puedan pensar él y el mundo entero. Ella está enamorada.

Diana ha terminado de arreglarse. Llaman a la puerta: son las nueve. Debe haber llegado. Diana abre. ¡Sí, es Sandra! ▼

El vestido rojo de María

Vuelvo tarde a casa. Me miro en el espejo y me despojo del cabello de María, las pestañas de María, los labios de María, el vestido rojo de María... y al final me quedo con el perfume de María en la piel y mi rostro reflejado en el espejo, cansado; y el de él en mi memoria, histérico.

Tal vez si me hubiese quedado en la calle de siempre nada hubiera pasado. Pero no, tenía que ocurrírseme caminar y tenía que llegar él en su carro. Me preguntó mi nombre y yo le dije María, y después que preguntó cuánto y aceptó pagar treinta no quiso saber más nada. Yo sólo le pregunté su nombre y cuando me contestó cortante que no importaba, entendí que era de los que no conversan. Menos mal que no me dijo nada sobre su vida; así será más fácil sacarlo de la mía. Bastará limpiar la ropa. Afortunadamente me puse el vestido rojo. Así la gente en la calle y el taxista no notaron las manchas de sangre cuando regresaba a casa todavía con la confusión de lo que acaba de ocurrir.

Mientras más pienso en lo sucedido, más absurdo me parece. Debería estar enojado, o asustado, pero no, sólo me siento cansado. Y lo que menos me siento es culpable de lo que hice. Únicamente me defendí. Entiendo que se enojase al descubrir que yo no era una mujer, pero no tenía ningún derecho a recordarme a gritos y golpes mi condición de maricón de mierda, como me dijo. No dejaba de repetirlo y de golpearme. Yo saqué mi cuchilla de la cartera para asustarlo y le advertí que se detuviera, pero él se disgustó más y me desafió. Reiteró lo de maricón de mierda y a sus insultos se sumó el de llamarme cobarde. Se abalanzó sobre mí... No supe cómo lo maté.

Lavo mi vestido rojo de María; y se van juntos por el desagüe la sangre de él y cualquier posible remordimiento mío. ▼

Fantasmoterapia

"**N**o sé si me estoy volviendo loca, pero lo cierto es que cada tanto tiempo, al despertar, sigo viendo frente a mí la figura de mi padre, muerto hace diez años... Por eso he venido a verlo, doctor... "

Era la primera vez que Julia visitaba a un psicólogo. La decisión fue difícil. Sin embargo, una vez fallidos los rezos y exorcismos, no le quedó más remedio.

La situación le incomodaba, no tanto por las apariciones, después de todo estaba acostumbrada a ver y a hablar con muertos. El problema subyacente era sincerarse. Le costaba hablar de sus sentimientos. Pero el problema inminente eran los negocios.

Todavía no le contaba al doctor Moreno que las apariciones de su padre, no sólo eran al despertar, sino en medio de sus sesiones espiritistas con clientes. Y para empeorar las cosas, Don Julio no sólo se aparecía, también se metía con su trabajo. Le movía las cartas, le empañaba de un soplo la bola de cristal o le esparcía las cenizas, le desordenaba los caracoles, le regaba el café; en fin, le estropeaba cualquier suerte de adivinación. Algunos usuarios de sus servicios habían huido asustadísimos, seguros de haber visto o sentido un fantasma.

A Julia la visitaban a diario decenas de personas por sus dones de adivinadora, no por ser una médium.

Aunque lo era, pero su clientela lo ignoraba. Muchas veces algún familiar o amigo muerto de sus visitantes le susurraba intimidades que dejaban boquiabiertos a los parroquianos. Pero desde que Don Julio comenzó a darse sus vueltitas por allí, ningún otro espíritu entraba en su recinto... Sin embargo, lo que de verdad la ponía iracunda era que su padre, tras que molestaba hasta después de muerto, no le decía nada. En eso se comportaba como en vida.

Él sabe muy bien de sus facultades. Fue él quien descubrió que sus amigos imaginarios no eran tal cosa, viendo objetos volar por su cuarto mientras conversaba con ellos. Con crucifijo y agua bendita en mano la arrastró hasta la parroquia para exorcizarla. Ella quiso pagarle con ese y otros rituales sus apariciones. Pero fue inútil. Como vanos fueron los intentos de Don Julio por quitarle sus poderes. Todo lo contrario, en medio de castigos y encierro agudizó la percepción de sus sentidos a los mensajes de ultratumba.

Por supuesto que tampoco le ha dicho al doctor Moreno cuánto odia a su padre. Y mucho menos se lo iba a confesar en la primera cita. Y ahora lo aborrece más, porque él, ni siquiera habitando el mundo de la muerte, comprende lo que es para ella vivir rodeada de espectros.

Ignorante de toda esta información, el doctor Moreno consideró el caso de Julia como una posible esquizofrenia. Deseoso de practicar con su nueva técnica de hipnotismo, la durmió. Esperó durante diez minutos a que su paciente hablara. Pero ella ni en el más profundo sueño abría su corazón. Sin embargo, bruscos espasmos le indicaron al doctor que desagradables pensamientos divagaban por las grietas del subconsciente de Julia reviviendo antiguos temores. Consideró que lo mejor era despertarla. Crasa equivocación. No eran miedos escondidos, sino los más vivos y presentes odios que la hacían temblar con intensa rabia.

"....A la cuenta de tres, despertarás muy relajada... Uno... Dos... Tres..." Y al despertar vio la figura de su padre, menos traslúcida, más corpórea, ¡palpable! en la anatomía del médico. La inundó un paroxismo inexplicable al pensar que esta sería su oportunidad para librarse definitivamente de él con sus propias manos. Lo sujetó por el cuello con una fuerza sobrenatural. Los golpes y pujanzas del doctor por soltarse fueron en vano. Sumida en aquella exaltación, Julia ahorcó a su padre. Sólo así se relajó. ▼

Fluidez

A Enrique Jaramillo Levi,
por esa incesante pasión por escribir, que contagia y comparte

Deja de leer mis cuentos. No quiero que sigas. Sé que no te interesa lo que escribo. Me lo dicen tus ojos, que se asoman despectivos detrás de tus pequeñas gafas. Cuando levantas tus cejas y el ceño se te frunce arrogante, mirándome como a un bicho raro, como si no entendieras lo que lees, entonces comprendo que tu único propósito es amedrentarme, que me sienta mediocre. Quieres cohibirme, para que no me lance al ruedo. Anticipo tu opinión. Pretendes que al salir de aquí reprima mis dedos, que les impida galopar sobre el teclado, tan raudos como mi imaginación. Pero nadie puede detener esta lluvia de ideas que cae letra a letra, como gotas negras, empapando cientos y cientos de páginas. Nací con este don, ¿sabes? El don de la fluidez. No termino de escribir una historia cuando ya empiezo otra. Pero eso no es inconstancia, no. Es precisamente lo contrario, porque en creación literaria cada idea es como un río que fluye, pero a la vez tiene sus afluentes, sus ramificaciones, cada una se torna independiente y sigue su propio curso, mas el origen es el mismo. No tengo que formular una teoría, ni redactar un ensayo para sostenerlo y probarlo. Tampoco me interesa convencer a nadie. Es así y punto. Sé muy bien lo que digo. Lo sé por experiencia. Ya desde muy niño escribía. Dice mamá que de bebé no daba vueltas en la cuna, sino que permanecía boca arriba toda la noche, con la mano levantada, trazando grafismos en el aire. Esto lo hice antes de siquiera balbucear. Mis primeros cuentos los garabateé en las paredes de mi casa. En todas. Hubo que forrarlas de plástico. Resultaba más fácil borrar con alcohol la tinta de los marcadores que pintar habitaciones enteras una y otra vez. Luego aprendí que para eso están los cuadernos, claro. Y llené millares. Y es que no hacía otra cosa que escribir. No cantaba, no jugaba, no veía televisión. Sólo escribía. Hasta comiendo, con los granos de arroz, las lentejas o las hilachas de la carne, anotaba algún pensamiento. Te imaginarás que era flaco como un lápiz, tal como me ves hoy. Escribo incluso ahora en mi *laptop*, mientras tú me lees. De hecho escribo esto que alguien algún día leerá, aunque tú te opongas. Me recuerdas a mis maestras. En la escuela ellas optaron por no enviarme al tablero pues enseguida empezaba a trazar algún relato. De inmediato media clase soltaba una carcajada y el resto abandonaba sus sillas para acercarse y leer mejor mis historias. En realidad, a mí nunca me importó compartirlas, que los demás las leyeran; porque una vez vertidas en el papel o en cualquier superficie, sentía que las imágenes que me revoloteaban en la mente, como palomas enjauladas, ya no me pertenecían. En cierta medida, las liberaba y me liberaba. Por eso quise publicar todo, para darles más libertad. Quizá no lo comprendas, pero una palabra escrita es una idea presa. En especial cuando la anotas en hojas de rayas. Los renglones son delgados barrotes horizontales que las aprisionan. Un papel o cualquier superficie, incluso los discos de una computadora, son cárceles para las ideas. Es apenas cuando un ojo las ve y las conduce hasta el cerebro que la decodifica cuando empieza su verdadera liberación. ¿Me sigues? Te explico. Yo, que tanto he escrito, comprendí que sólo encerrándolas en otras cabezas podía hacerlas volar, saltar a otras mentes, donde tarde o temprano también encontrarían un pensamiento para escaparse y fluir en palabras, en acciones, en piezas de arte, o simplemente en nuevas ideas. No necesitaba darles alas, porque ya las traen consigo. De ahí, la metáfora con las palomas. ¿No te parece brillante? ¿Sabes lo que es una metáfora, cierto? Deberías saberlo, diriges una editorial. Ahora, que sepas construirlas, es otro asunto. Si fueras escritor, como yo, sabrías que las ideas vuelan solas, y se siguen unas a otras como golondrinas. ¡Ja!, de nuevo una metáfora, ¿la agarraste? ¿Ves cómo las ideas dejan de ser palomas para convertirse en golondrinas, pero siendo las alas el hilo conductor, al menos en mi razonamiento...? Aunque, como habrás notado, también pueden ser un río... ¿No te parece maravilloso la facilidad con la que fluyen las palabras? Van de un elemento del cielo a otro del agua en un santiamén? Pero volvamos a donde estábamos... Este es el problema con la fluidez, ¿sabes? Es difícil no dejarse arrastrar. A mí me cuesta. Ella me obliga a cambiar de rumbo sin cesar. Pero en esta ocasión estoy intentando ser concreto, sólo para complacerte; aunque quizá sea tarde ya, y no llegues a darte cuenta, ni a apreciar mi esfuerzo por no desbordar esta idea-río... Aunque desbordarme es mi ideario. ¿Te das cuenta qué juguetonas son las palabras? Se sujetan como niños en rondas cuando van encadenándose entre sí. ¿Ves con qué sutileza te lleva la fluidez, de una cosa a otra, sin que lo notes? Te juro que esto no estaba pensado... En fin, te decía que quise publicar mis escritos, aunque, en el fondo, mi intención era liberarlos. Por eso te los traje. Vine con treinta cajas grandes que reunían sólo una pequeña muestra de todo lo que he escrito en mis cuarenta y dos años de vida. ¿Te imaginas todo lo que aún me falta por escribir? ¿Cuántas historias maravillosas puedo todavía relatar? Pero según tú, todo mi material está inconexo, no cuenta nada, no hay tales historias, ninguna tiene final, son apenas inicios de posibles tramas, anotaciones. Sostienes, con fingida amabilidad, que por el momento todo lo que te mostré es sólo letra muerta. ¿Cómo puedes ser tan insensible, tan teórico? ¿Quién dijo que los relatos tienen que empezar y concluir con una sorpresa para el lector? La vida misma es siempre algo inconcluso. Siempre nos quedará algo por terminar. Del mismo modo, a mí me cuesta finalizar las historias. Nunca encuentro dónde detenerme. Lo admito. Eso es producto de la fluidez. Pero, precisamente, es mi estilo, mi sello. Es mi propuesta estético-formal. Yo, puedo presumirlo, concebí la literatura del no final. Con el tiempo los literatos entenderán que terminar es mutilar, porque todo debería ser un continuo. Yo mismo, y mi obra, somos una progresión constante. Por eso nadie puede pararme, ¿lo entiendes? Nadie. Ni siquiera tú. Menos tú, editor de pacotilla. Si quieres que una historia tenga fin, esta lo tendrá. Terminará contigo tragándote tus palabras, o mejor dicho, las mías. Te haré saborear mis relatos. Página a página te las meto en la boca, hasta que te ahogas. ¿Estás contento? ¿Te gustó el desenlace? Ahora explícame cómo puede tanta letra muerta quitarte la vida. Pero ni así llegamos al final. ¿Lo entiendes ahora? Tu vida terminó, pero inicia tu post muerte, y en algún lugar de este espacio estás empezando a irte para comenzar otra forma de existencia interminable. ¿Y qué me dices de mí y de este cuento? Tampoco concluye aquí, conmigo escribiendo junto a tu cadáver, porque pienso enviarlo a un concurso y hasta que no sepamos el fallo, éste no llegará a su final. Lo siento, quise concluir pero, como te dije antes, no sé terminar. A propósito del concurso, ya, de algún modo, te contaré el resultado. Mientras tanto, sigo escribiendo para seguir fluyendo...▼

Cuento ganador del Premio de Cuento "Facultad de Ciencias y Tecnología" de la U.T.P. a la Promesa Literaria del Año 2006, en la categoría de autores inéditos

Pescar mariposas

El zumbido de llantas sobre asfalto caliente, el agudo estruendo de las bocinas y el ronroneo de los motores se encapsulan con el humo de los escapes para subir densos sobre la Avenida Balboa, creando esa atmósfera de citadino estrés. El tráfico estaba endemoniadamente lento. Más rápido parpadeaba la enorme flecha de focos que señalaba el cambio de carril. En esta ciudad, cuando se decide arreglar una calle todo se vuelve un caos. Peor cerca del mediodía cuando media humanidad tiene que aprovechar escasos sesenta minutos para resolver citas, negocios o asuntos personales.

Desde su auto lo ve. Era imposible no notarlo. El niño estaba sentado sobre el muro del malecón con una larga ramita que usaba como caña de pescar. Lo rodeaba un aura de tranquilidad. Sin embargo, el resto de los transeúntes parecía ignorarlo o verlo con la misma indiferencia de piedra que el monumento de Balboa. ¿Será que todos están tan embebidos con sus prioridades rutinarias y sus urgencias de agendas que no tienen tiempo para notarlo? ¿Será que lo único verdaderamente importante en la cabeza de la gente en horas como éstas es correr para volver al trabajo, o hacer una llamada desde los celulares para avisar que se va a llegar un poco retrasado a equis reunión? ¿Acaso lo único que persiguen los que transitan esta ciudad es el obligatorio sueño de hacer dinero? ¿Estaremos en una carrera por pisar a los demás o ser pisoteados? ¿Será eso lo que nos mueve tan veloz o tan despacio como el tráfico lo permita? Tenía la sensación de ser el único imantado por el pequeño de ropas harapientas y modesta caña de pescar sobre el que gravitaba un remanso de paz. Entró a la rotonda, estacionó su auto, y se acercó al chico.

—Hola. ¿Qué haces aquí?

—Voy a pescar mariposas.

Tanta ingenuidad le arrancó una inesperada risa.

—Es imposible. Las mariposas vuelan, no nadan. Además, no puedes pescarlas. Las matarías con el anzuelo. Más bien necesitas una redecilla para atraparlas. Y sería mejor si fueras a cazarlas al campo o a una pradera.

—Pues yo las saco del mar. Pero cállate, que las vas a espantar.

Sin entender por qué obedecía guardó silencio. En medio de la espera se percató de que el hilo de la caña se extendía lejísimo. Parecía fundirse en el horizonte. Hacía tanto que no se tomaba una pausa para contemplar el azul y difuso abrazo entre el mar y el cielo. De pronto, con pequeños y vertiginosos jalones de muñecas, el niño empezó a sacar mariposas del agua. Su agilidad impresionaba. El larguísimo nailon ondeaba como un delgado y traslúcido látigo hasta las nubes. Allí las mariposas se liberaban y aleteaban suspendidas por breves segundos y se convertían en peces multicolores que inundaban el cielo.

—Ves, que sí puedes. Te regalo mi caña. Tómala. Ahora me voy a atrapar peces en el cielo. ▼

Segunda Mención de Honor en el Premio de Cuento "Facultad de Ciencias y Tecnología" de la U.T.P. a la Promesa Literaria del Año 2006, en la categoría de autores inéditos

La última vez

I

—¿Quieres crema o aceite?

—Ninguno.

—¿Te vas a dar un masaje?

—No.

—¿Quieres hacerlo ya?

—No. Ven. Sólo acuéstate aquí conmigo un rato.

—¿Eres casado?

—.

—Lo pregunto porque hay tipos a los que no les gusta llegar olorosos a sus casas para que sus esposas no se den cuenta de nada. Aunque hay algunos a los que no les importa.

—Pues yo soy de aquellos a los que sí les importa.

—¿Por qué vienen aquí los hombres casados?

—No lo sé. Me supongo que cada uno tendrá sus razones.

—¿Tú por qué vienes?

—Tal vez sea por costumbre.

—¿Siempre vienes aquí?

—Aquí no, pero a sitios como este sí.

—¿Y quieres a tu esposa?

—Sí.

—¿Se llevan bien? ¿Ella te complace?

—No tengo quejas.

—Entonces, no hay derecho... Por eso digo yo que no vale la pena querer a los hombres. Todos son iguales.

—No. No todos somos iguales. Yo conozco hombres que les son fieles a sus mujeres.

—Sí, cómo no.

—En serio.

— ¿Y tú por qué no eres fiel?

—Estoy tratando de serlo. Es más, tenía tiempo de no venir a una sala de masajes.

—Pero hoy vas a tener sexo conmigo.

—Intentaré no hacerlo. Sólo quiero descansar un rato.

—Se nota que tienes ganas.

—Bueno sí, pero trataré de resistirme.

—No vas a poder. Hay unos que vienen aquí y no hacen nada, pero tú no vas a aguantar. Se te nota.

—Tienes razón. Pero ésta será mi última vez. Tú serás mi cierre de oro. Después de ti, me dejo de estas andanzas.

—Apuesto que vas a volver.

—No. Ya no más.

II

—¿Prefieres crema o aceite?

—No me pongas nada de eso. Sólo acuéstate aquí conmigo un rato...▼

El piso de arriba

Era casi medianoche. El televisor alumbraba con sutiles cambios de colores las paredes de madera de la pequeña sala en casa de Tía Toya, en Boquete. Un chorreal de primos calentaba cuerpo y anécdotas con café o chocolate. No importaba la hora, las vacaciones de verano estaban terminando y se tenía que aprovechar todo el tiempo. Sobre todo los que en un par de días volveríamos al húmedo calor de Colón o David. Además, había que celebrar la reapertura de aquella vieja casa, cerrada durante tantos años.

Inevitablemente, y propiciado quizá por la hora y por el humo que se alzaba de las tazas, surgieron los cuentos de espanto. Pepe fue quien comenzó. Sin avisar apagó el televisor. Después de unos cuantos gemidos de susto, un frío silencio se apoderó del ambiente por un instante que pareció un siglo. La casa quedó casi a oscuras. Sólo el foco de un pasillo frente a la sala, y que conducía al cuarto de arriba, la cocina y el gran patio trasero, colaba su luz por las medias paredes de la casa.

"Shhh, shhhhh", calmó Pepe algunos reproches de tías y primos. Una vez cautivada la atención de todos, arrancó con la historia del pela'o que en un baile en la Feria conoció a una chica; bailó con ella toda la noche y terminó acompañándola hasta la puerta de su casa. Al día siguiente fue a visitarla y se enteró por boca de su padre que ella estaba muerta. Algo incrédulo, acompañó al señor hasta la tumba de su hija, y "Meto, allí estaba un abrigo que él le había prestado la noche anterior".

Aunque ya varios nos sabíamos ese cuento, a todos se nos erizaron los vellos cuando un tac, tac, tac, tac descendió por las escaleras que llevaban al cuarto superior. Esa habitación estaba desocupada por el mal estado del piso. Todos decíamos, en broma y en serio, que en ella dormía un fantasma porque de allí, en las noches, se escapaban extraños ruidos. Sin embargo, para apaciguar el miedo culpábamos al viento, teoría que ganaba terreno porque nunca aquel probable fantasma merodeaba en otra habitación, ni nunca se había atrevido a bajar, ni había pisado tan fuerte como esa noche. El grito de Tía Toya y el crujir de una taza contra el piso rasgaron el fantasmal silencio en que nos sumergimos todos... "Allí estáaaaaaaa"...

Una amorfa sombra acompañaba cada tac, tac, tac... Estábamos a punto de conocer al fantasma del piso de arriba y de eximir de culpas al viento. ▼

La humedad del silencio

Se abrieron las puertas del ascensor y allí estaba ella. El corazón se me detuvo y mis pies abandonaron el suelo por un instante. Ella no lo notó. Estoy seguro. Salió en silencio sin mirarme, como solía irse Joaquina todos los días. De no ser porque lucía naturalmente viva y rejuvenecida, hubiera jurado que era su fantasma.

Joaquina planchó y lavó, lavó y planchó, en casa de mi abuela, por no sé cuántos años. Y ahora, sólo en mi apartamento, de pronto volvía a oler la humedad que sudaba aquella lavandería atiborrada de ropa en ganchos y canastas. Sentía como si el calor de su plancha arrugara el aire del cuarto y lo volviera denso. Cada respiro ardía de la nariz al pecho. Me taladraba la cabeza. La convertía en una gran coladera de recuerdos. Pero todos se filtraban como agua turbia. No lograba retener ninguno con claridad… Aún así recuerdo que de pequeño mi abuela a veces me pedía entregarle el almuerzo a Joaquina. Ella lo recibía con una sonrisa y comía de pie. Eso sí lo tengo grabado. Hubo ocasiones en las que me senté sobre alguna canasta viéndola comer con la esperanza de escucharla decir algo. Pero sólo recibía un plato vacío y otra sonrisa.

Una vez le pregunté a mamá que si Joaquina era muda. «Ella es una persona respetuosa. Hace su trabajo sin meterse con nadie y vuelve a su casa», contestó. Al principio no le creí, hasta que la escuché pronunciar un modesto y ronco gracias a mi tía Berta.

En casa de mi abuela todos los adultos tenían sus responsabilidades con los gastos. Entre las de mi tía Berta estaba el lavado y planchado. Por consiguiente ella era la que más hablaba con Joaquina; quizá la única. Claro que con el tiempo mis intercambios verbales con Joaquina aumentaron, por lo menos a preguntas y respuestas monosilábicas.

Cuando no encontraba alguna camisa o pantalón iba donde Joaquina. Descorriendo ganchos, dos o tres veces, encontraba la pieza y me la daba. A veces pensaba que más que guindar la ropa, la archivaba. De hecho así era. Cada uno de la familia tenía su sección en el largo tubo del que colgaban todas las vestimentas. Y vaya que éramos muchos en casa de la abuela por ese entonces, y lo fuimos por buen rato. A veces también llegué a pensar que Joaquina debía conocernos a todos por nuestros olores, más que por nuestros nombres. Ese pensamiento me causaba risa. Ahora que caigo en cuenta de que no sé su apellido, ni nada sobre su vida, siento… ¿Vergüenza?

Un viernes de tantos, Joaquina se marchó, no sin antes dejar lista la ropa de la semana. Siempre fue responsable, como decía mamá. Ya para ese entonces éramos menos en casa y había menos ropa. Aunque mi tía y mi abuela le pidieron que se quedara, ella decidió jubilarse. Y salió calladamente como era su costumbre. Ahora entiendo que no la cansaron la humedad de las ropas, ni el calor de la plancha, ni el peso de las canastas. Se cansó de tanto silencio.

Tal vez donde quiera que esté haya más voces que se interesen por ella y menos humedad en el ambiente. Yo por mi parte llamaré a mi tía para que me cuente todo lo que sepa de Joaquina. No vaya a ser que un buen día sí se me aparezca su espíritu y me reclame la cotidiana indiferencia de aquellos años. Además, me gustaría escribir un cuento sobre ella. ▼

Un 15 de abril

—¿Cómo sucedieron las cosas?

—Ya te lo he contado cientos de veces.

—Cuéntamelo una vez más.

—Eso fue hace mucho tiempo. Mejor olvídalo. Es por tu bien. Recordarlo sólo te hace daño.

—¡Mjm! El daño ya está hecho. Por eso que ocurrió hace quince años estoy hoy aquí... Aquello no ha terminado. Aún ocurre y ocurrirá siempre. Quiero que me lo cuentes una vez más. Y ya no insistas en decirme qué cosas me hacen bien. ¿Entendiste?... ! Te estoy preguntando si entendiste, mierda! ¡Contesta!

—Sí. Te entendí...Te lo contaré; pero cálmate...

—¿Qué esperas? Empieza.

—Yadira tiene un hijo. Se llama John, igual que su padre, un teniente del comando sur del ejército norteamericano acantonado en Panamá. Es un niño precioso; con un rostro que yo describiría como encendido: cara redonda, cachetes gordos y mejillas rosadas que contrastan con el rubio de sus cabellos, con el brillo de sus enormes ojos azules y con el rojo de sus pequeños labios que cuando se ríen despliegan una enorme, tierna, inocente y contagiosa sonrisa (una sonrisa que ilumina, aún más, su rostro de colores encendidos con la alegría, enormidad y brillo de una vida que comienza)…

Hasta aquella noche, nunca antes lo había visto, ni a él ni a su padre, más que en fotos. Yadira me llevó a la habitación de Junior (así lo llamaban sus padres) solamente para que lo viera. Dormía. Trasanteayer cumplió cinco años. Seguía igual de hermoso que cuando lo vi en la primera foto suya que me mostró Yadira dos años antes… En aquel entonces ella trabajaba en la misma empresa que yo. En su cartera guardaba un pequeño álbum con fotografías de su pequeña pero feliz familia: su esposo, su hijo y sus padres. Recién llegó le encantaba mostrárselas a todos y hablaba con orgullo y alegría sobre ellos.

Recuerdo que la primera vez que la vi fue casualmente en una fotografía: una foto carné. El jefe de personal, Manuel Villarreal, que era un buen amigo mío, llegó una mañana a mi oficina y me dijo con un tono divertido y entusiasmado: «Alfredo, mira a la nueva secretaria de contabilidad» y me dio un cartapacio: era su currículum vitae. No entendía su interés pero no le hice ninguna pregunta y abrí el cartapacio. Quedé boquiabierto. «Es increíble, ¿verdad?», dijo Manuel, aún más divertido, al notar mi asombro. «Sí, jamás había visto dos personas que se pareciesen tanto», le respondí. «Bueno, pronto podrás verla en persona. Empieza hoy». Me pidió el cartapacio de vuelta y se retiró a su oficina, dejándome solo en la mía, pensativo e impresionado del parecido de la nueva empleada con Irma: mi esposa. Su rostro, de grandes ojos negros (grandes como los de su hijo), nariz perfilada, labios delgados y dientes blancos y pequeños, perfectamente alineados, era prácticamente una réplica de Irma.

Busqué cualquier excusa para ir a contabilidad y verla. En el momento en el que fui, allí se encontraba Manuel y enseguida me llamó para presentármela. Lo hizo haciendo alusión a su parecido con mi esposa. «¿Es usted el señor Rodríguez?», inquirió ella con sorpresa, agrado y amabilidad. «Ya deseaba conocerlo. Desde que llegué todos me han dicho que me parezco a su esposa». Definitivamente se parecían, pero personalmente su parecido con Irma no era tan asombroso como en las fotografías. Aún así me volvió a impresionar, ya no por sus semejanzas, sino por sus diferencias. Diferencias que radicaban con mayor notoriedad en sus cuerpos que en sus rostros, y que favorecían a Yadira. Su cuerpo tenía mejores atributos: más caderas, más pechos, no tan delgada y más alta; y con el mismo color trigueño en la piel (ese color entre moreno y pardo que siempre me ha fascinado).

Al regresar a mi casa y ver a Irma, recordé la exorbitante similitud de sus caras y las evidentes diferencias en sus figuras. Entonces fue cuando pensé que en el mundo existe una cantidad limitada de tipos de ojos, narices, bocas, brazos, piernas, manos, pies, senos, caderas y demás partes del cuerpo, así como también eran reducidas las facciones y los gestos; pero gracias a la capacidad aleatoria del azar se conjugan en un sinfín de combinaciones cuyos resultados nos hacen distintos, al menos físicamente, unos de otros. Así pues, inspirado en aquel pensamiento sobre las similitudes de sus rostros y las diferencias de sus cuerpos, me inventé, sólo por diversión, un juego imaginario de cambios y combinaciones. Era un juego elemental (un tanto absurdo y absolutamente innecesario) en donde ellas eran los tableros y sus diferencias y parecidos, las fichas. Consistía en cambiar mentalmente sus gestos, sus rasgos, sus expresiones, los elementos de sus cuerpos, sus movimientos e incluso alguna que otra característica de sus personalidades, e imaginarme qué tanto podrían cambiar o qué tanto más podrían parecerse. Yo era el azar, tenía absoluto control sobre los resultados de las combinaciones y decidía sus apariencias. Todos los días era una posibilidad distinta.

Para hacer el juego aún más divertido, empecé a intercambiar no solamente sus físicos sino además sus papeles de secretaria y esposa. Me resultaba gracioso llegar a la oficina y pensar que Yadira era Irma desempeñando el rol de secretaria. A veces, cuando llegaba en la mañana al trabajo luego de haber hecho el amor con mi esposa la noche anterior, imaginaba que Yadira era Irma pretendiendo no acordarse de lo sucedido entre nosotros apenas unas horas antes. Yo asumía que esa indiferencia era realmente una manera muy sutil de flirteo que consistía precisamente en el disimulo, en mantener lo nuestro en secreto para que nadie sospechase que éramos marido y mujer.

Por otro lado, me parecía igual de gracioso regresar a la casa y ver en Irma a Yadira: una mujer parcialmente desconocida, cuya única relación conmigo se circunscribía a ocho horas de trabajo dentro de una oficina, pero que ahora se había introducido en mi casa. Me imaginaba entonces que convivía con una extraña a quien tenía que conocer día a día. El juego de transformar a Irma me gustaba más porque me permitía cambiar su aspecto de mil formas; y en cada una de esas alteraciones recreaba su esencia inmaterial para redescubrir las mil razones de mi amor por ella. Era como volver a conocerla y enamorarme nuevamente. Ese juego me enseñaba que podía amarla aún cambiada, distinta, alterada; y me daba la seguridad de quererla por lo que era y no por cómo se viese.

Aquella fantasiosa diversión, en la que al principio encontraba una reafirmación de mi amor por Irma, terminó traicionándome y se convirtió en mi perdición. Mi propia mente realizó movimientos inesperados y puso a mi imaginación en contra de mí mismo y de mis pasiones. Me engañaba haciéndome creer por momentos que a la hora de hacer el amor con

Irma, estaba simultáneamente tomándome a Yadira. Pero no le era fácil mantener la mentira. La realidad volvía a mí cuando después de haberla amado (con los ojos cerrados y casi soñando) me retornaba la conciencia de que entre mis manos tenía el cuerpo menos agraciado de mi mujer y no la tentadora figura de la secretaria. De este modo se desató en mí una lucha entre los caprichos de mi mente y sus fantasías y los razonamientos de mi corazón y su realidad. La ficción jamás superaría, por más que me traicionase y tentase mi propia imaginación, la innegable e infalible realidad de que Yadira estaba casada, felizmente casada, y de que yo amaba a mi mujer.

Hubiese deseado que la farsa, la ilusión de mi lujuria, fuera lo suficientemente fuerte para ignorar la evidencia de la realidad y seguir tranquila su rumbo por los senderos de la imaginación. Pero me cansé de soñar, de imaginar, de suponer y me sumergí en un incontrolable deseo por conocer y explorar en su plenitud las secretas y prohibidas bondades del cuerpo de Yadira. Quería recorrerla toda con mis manos; acariciar sus piernas, sus caderas, su vientre, su espalda, sus pechos, y perderme en sus dimensiones más agraciadas. Quería probar su boca; deseaba sentir su piel trigueña ardiendo en mi piel y consumirme en su calor.

Así, sin darme cuenta, lo gracioso de aquel juego se tornó morboso cuando, además de perder el control de mis estratégicas movidas mentales, ya no sólo hacía combinaciones, si no que empecé a comparar y a buscar igualdades dentro de las diferencias y diferencias dentro de las igualdades: ¿Qué tan diferente besarían dos bocas tan iguales? ¿Qué tan diferentes serían los gestos de dos rostros tan parecidos? ¿Qué tan igual resultaría el sexo con dos cuerpos tan diferentes? Sin embargo, sabía que aquellas absurdas preguntas jamás tendrían respuesta porque carecía de elementos reales, tangibles, mesurables, corporales para establecer comparaciones. Conocía el cuerpo de Irma; pero el de Yadira sólo podía suponerlo, adivinarlo tras sus ropas, que simultánea y paradójicamente lo revelaban y lo escondían con discreción. De este modo, la realidad volvía a imponerse, ya no sólo sobre mis fantasías, sino también sobre mis deseos de comparación y frenaba sus ímpetus...

Transcurrieron dos años desde su llegada. Su relación conmigo no trascendía del ámbito laboral hasta que un día salí tarde de la oficina y encontré a Yadira sentada en el recibidor mirando con nostalgia una foto. No había nadie más. Hacía dos horas que habíamos cerrado y todos se habían marchado. No sabía qué podía estar haciendo Yadira allí a esas horas. Me acerqué hasta ella pero ni siquiera se percató de mi presencia. Me quedé en silencio a su lado hasta que una lágrima se asomó en su rostro y entonces le pregunté qué le sucedía. Ella, levantó la cara al oírme, se secó la lágrima, sonrío tristemente, me extendió la foto (era una foto de Junior) y me dijo: «Él es el hombre de mi vida. Mi única razón de vivir». No dije nada pero ella se soltó a hablar de lo infeliz que era: su marido bebía mucho, la engañaba y hasta la había golpeado. Cualquier persona se hubiese apiadado de ella en ese momento; pero yo no: yo me alegré. Me alegré porque comprendí que la imagen que tenía de ella de una mujer felizmente casada era un error. Me había pintado un cuadro falso de la vida de Yadira, una enorme y falsa panorámica de su felicidad basada en otros cuadros que contenían imágenes reales, pero incompletas: las fotos que ella tanto mostraba y de las que tanto hablaba. Digo que eran incompletas porque carecían de un contexto: un contexto en dónde cobrar su verdadero sentido de breves momentos de alegría captados por una cámara fotográfica, o más lamentable aún: posados, fingidos para una cámara, no la connotación de perfecta felicidad que les atribuía Yadira en sus conversaciones. (Ahora pienso que lo hacía para evadir ella misma su realidad)… Me alegré del dolor que la embargaba porque sabía que los corazones abatidos se abren y se entregan inocente e incondicionalmente a cualquiera que les ofrezca un poco de afecto y compasión. La abracé contra mi pecho; le dije que todo estaría bien y le fingí ternura y compasión. Teniéndola entre mis brazos, vulnerable y entregada a mi pretendida compasión, surgió en mí la pregunta más peligrosa, la curiosidad más morbosa de todas: ¿Qué tan igual me amarían dos almas tan distintas? ¿Podría Yadira amarme tanto como Irma? ¿Podría enamorarla? ¿Podrían las dos tener en común su amor por mí? Era tan vanidoso y estúpido que ni siquiera se me ocurrió formular la pregunta en el otro sentido: ¿Qué tan igual podría yo amar a dos personas tan diferentes? ¿Podría enamorarme? A mi tonto ego machista sólo le interesaba conquistar a una mujer más; pero no quería inmiscuir a mi corazón en tan arriesgada empresa. (Además de estúpido y vanidoso era un cobarde)…

Aquella noche la invité a cenar para animarla un poco y luego la seguí en mi carro hasta su casa. Vivía en un edificio en la Avenida Balboa. Su marido no estaba, pero, aunque me hubiese gustado subir con ella, no le insinué nada; sólo nos despedimos; me aseguré de que entrara y me marché. Si bien en esa oportunidad no pasó nada, todo empezó. Nuestra relación cambió: nos hicimos amigos. Ella se volvió mucho más abierta conmigo: me lo contaba todo. Yo la escuchaba atentamente, la trataba con dulzura, la animaba, la invitaba a almorzar y conversábamos… Ella me traía pedazos del dulce que había preparado la noche anterior y me contaba sobre el último libro que acababa de leer. Yo le comentaba cómo marchaban los proyectos; le contaba algún chiste, la hacía reír y en algunas ocasiones hasta le regalé rosas. Rosas que luego me confesó que las conservaba todas a escondidas del marido… Podía sentir en sus palabras, en sus miradas, en sus detalles para conmigo que se estaba enamorando de mí. Una vez me dijo que le hubiera gustado encontrar a un hombre como yo; a lo que yo le contesté con bastante credibilidad que era una lástima que no nos hubiésemos conocido antes; y que la única mujer por la que dejaría a mi esposa sería ella. Era cuestión de esperar. Tarde o temprano se me entregaría, porque necesitaba desesperadamente amor y afecto, y yo se lo ofrecía con aparente honestidad.

Fue un 15 de abril. Era jueves. Terminé de trabajar a las ocho de la noche en un informe que debía presentar al día siguiente y cuando salí allí estaba ella, nuevamente llorando en el recibidor con una fotografía de su hijo en las manos. Esta vez sí me sintió aproximármele. Me contó que la noche anterior John llegó borracho a la casa; discutieron; la golpeó; quiso hacerle el amor; ella se rehusó; la golpeó otra vez; le rasgó el vestido; iba a violarla; tuvo que sacar la pistola que él mismo guardaba en la mesita de noche y amenazarlo; entonces se marchó histérico en el auto de ella y lo chocó contra el primer poste que encontró. «No aguanto más, lo odio», dijo. Le aconsejé (esta vez sí con franqueza) que lo mejor era que se divorciase; e inmediatamente llamé a un abogado amigo mío; le expliqué la situación y quedaron en verse temprano al día siguiente. Cuando Yadira vio que no estaba sola, que contaba conmigo y ahora con un abogado, se calmó bastante; pero la serenidad le recordó que no había llamado a la niñera para decirle que llegaría tarde y me pidió que la llevara a su casa…

Cuando llegamos, su esposo no estaba. «Los jueves se queda en casa de su amante», me explicó Yadira con una sonrisa de autocompasión y resignación al verme buscar el carro de John. Le devolví una sonrisa lo más triste que pude (pretendiendo decirle "lo siento"). Se inclinó lentamente hacia mí, me besó con ternura en la mejilla (como diciendo "gracias por sentirlo") y retrocedió igual de lento. Permaneció mirándome en un silencio casi total que sólo cortaba su respiración fuerte y acelerada. Sus pupilas, bien abiertas, bailaban inquietas por mi cara. Tenía en su rostro la expresión de una adolescente que está a solas por primera vez con un chico y no sabe qué hacer; lo observa todo con curiosidad y espera con un poco de miedo, vergüenza y excitación a que él tome la iniciativa. Curiosamente yo tampoco sabía qué hacer. Había fantaseado con aquel momento durante dos años y ahora no me atrevía a dar el primer paso para realizar mis fantasías. Pensaba en Irma. Pensaba en nuestros cuatro años de matrimonio. Pensaba en que la quería y estaba a punto de serle infiel. Pensaba en Yadira. Pensaba en su cuerpo y en los dos años durante los cuales la había deseado. Pensaba y no hacía nada... La primera que decidió actuar fue ella: se despidió y me agradeció el haberla llevado. Iba a bajarse. La sujeté por el hombro, casi por reflejo. Ella giró su rostro hacia mí, con la respiración más fuerte y excitada, y con sus pupilas que seguían danzando por mi cara. Sus labios delgados ahora se veían más gruesos, más rojos, más húmedos; estaban entreabiertos y temblorosos (temblaban al ritmo de su respiración). La tomé por la nuca y acerqué su boca a la mía. Nos besamos dentro del carro, bajo la luz amarillenta de una lámpara de tungsteno.

Después de haber intercambiando más besos, miradas y sonrisas, en silente aprobación acordamos terminar lo empezado. Bajamos del auto y subimos a su apartamento. Despidió a la niñera, que estaba un poco molesta por la demora, y nos quedamos solos. Lo primero que hizo fue llevarme al cuarto de Junior para que lo conociera...

El niño dormía; se inclinó y lo besó... Salimos de la habitación de su hijo y fuimos a la de ella. Inmediatamente empezamos a hacer el amor. Estaba perplejo con la realidad de sus formas. Su cuerpo era mucho mejor de lo que había imaginado. Finalmente tenía sus caderas, sus pechos entre mis manos y su piel trigueña ardiendo sobre mí. Sentía su cuerpo vibrar por mis caricias. Quería amarla con toda la fuerza de mi pasión contenida esos años. Me olvidé de ella; sólo deseaba satisfacer mi lujuria y acariciaba su cuerpo con vehemencia; pero ella reaccionaba a mis casi violentas caricias con ternura. Entendí que buscaba amor y no sexo; quería hacer de aquel adúltero instante de infidelidad un inolvidable recuerdo; quería hacerlo interminable, eterno. Yo quería tomarla e irme, pero me dejé amar y la amé a su modo: despacio...

—¿Qué te pasa? ¿Por qué siempre te detienes en esa parte? Continúa.

—¿Sabes?, si nunca la hubiese sabido infeliz, si la hubiese seguido creyendo enamorada de su esposo, nunca hubiera ido con ella a su apartamento, ni mucho menos a su habitación y nada hubiera pasado.

—No mientas. Cállate y sigue.

—...John, su marido, entró súbitamente, gritando y maldiciendo. Estaba enloquecido. No tuve tiempo de reaccionar cuando ya me había sacado él mismo de la cama y me estrellaba contra las paredes. De pronto escuché cinco detonaciones y vi la cara de John desfigurarse con una mueca de sorpresa y dolor; su enorme cuerpo caer al piso con cinco impactos de bala en la espalda, su sangre en mis manos y en el suelo; la mesita de noche abierta y a Yadira arrodillada en la cama, desnuda, apuntándome con una pistola que empuñaba firmemente con ambas manos. «Santo cielo, qué has hecho», exclamé. No contestó nada. John yacía muerto en el piso y ella seguía apuntándome. «Baja el arma», le dije. Seguía sin hablar. «Baja el arma», le repetí tratando de mantenerme sereno. «Dime que me amas». Ahora quien no decía nada era yo. «Dime que me amas », repitió. «Dime que no pensabas tomarme y marcharte». Mantuve el silencio. No atinaba a hacer ni decir nada. No me atrevía a mentirle. En verdad no la amaba… No tuve valor ni para mentirle en ese momento… Permanecí callado… Se llevó el cañón a la sien y disparó. Cayó sobre la cama con la cabeza destrozada. Fui hasta ella y la sacudí no sé ni por qué. Empecé a llorar a su lado. Luego escuché una aguda voz llamándola al borde del llanto. «Mamá, mamá». Me volteé y me topé con unos enormes ojos azules asustados viendo aquella ensangrentada escena desde la puerta.

—¡Sigue, mierda, sigue!

—…Me llevé a John a la sala y llamé a la policía. Luego vino el escándalo; pero las investigaciones demostraron mi inocencia. De John se hicieron cargo sus abuelos.

—¿Y tu esposa?

—Irma me amaba. Se quedó a mi lado y me perdonó.

—Mi mamá también te amaba; pero tú la mataste.

—Sabes que no es cierto.

—Se entregó a ti por amor pero tú sólo querías su cuerpo. ¡La mataste! Tu absurdo juego y tu morboso deseo la mataron a ella y a mi padre. Arruinaste mi vida.

—No puedes decir eso. ¡Irma y yo te criamos! Cuando tus abuelos murieron tres años después nos encargamos de ti. Te educamos. Te dimos una vida.

—Tú no me distes nada. Me lo debías. Me recogiste para tranquilizar tu conciencia y tratar de enmendar el daño que me hiciste.

—Yo te expliqué cómo sucedieron las cosas, pero

veo que nunca me entendiste ni me perdonaste. Tus abuelos sí, pero tú no.

—Mis abuelos te perdonaron porque pensaban que tú quisiste a mi madre. Me contaron que unos meses antes de morir, ella les habló de ti y les dijo que se amaban y que te divorciarías para casarte con ella.

—Yo nunca le dije eso.

—No esperarás que te crea a ti más que a mi propia familia.

—Nosotros pensábamos que éramos tu familia. Te quisimos como al hijo que nunca tuvimos. Irma te quería. No merecía que le hicieras eso.

—No se lo hice a ella, te lo hice a ti. La maté para arruinarte la vida. Así como tú arruinaste la mía. Ya estamos a mano… Ahí viene la enfermera. La conversación terminó. Es hora de que los locos de este manicomio descansen y de que los que están fuera como tú sigan con sus remordimientos. Vete. Nos vemos mañana.

—Ya no volveré.

—¡Mjm! Llevas dos años viniendo diariamente y seguirás visitándome mientras vivas. Tú tampoco puedes olvidar lo ocurrido y necesitas hablar de ello.

—No, ya no lo necesito, y tú no me verás más.

Alfredo se levantó bruscamente y desenfundó un revolver que llevaba debajo del saco. Apuntó justo entre las cejas de John. Se miraron fija y desafiantemente unos segundos. Una burlona sonrisa se dibujó en los labios de John. ▼

La invitación

Los amigos de Rubén lo rodeaban y lo animaban con palmadas y a empujones. «Esta es tu oportunidad para pedírselo», decían unos. «No seas tonto, dale», insistían otros. Pero Rubén, sudando frío y con sus ojos puestos en Beatriz, parecía decidido a no decidirse hasta que alguien le recordó «Se trata de tu cumpleaños»; y otro apoyó la validez del argumento asegurándole «No puede decirte que no»; y una vez más otro exhortó «Invítala». Y un coro de sí, sí, dale, dale, acrecentó el entusiasmo de las palmadas y los empujoncitos de los valientes amigos del cobarde Rubén hasta arrojarlo fuera de la barrera circular que ellos mismos formaban y que lo escondía de la vista de Beatriz y sus amigas. Y, repentinamente (al menos más pronto de lo que él esperaba), Rubén se vio desprotegido sin el escudo de sus compañeros. Enseguida se supo descubierto por las muchachas que cesaron de conversar para reírse y mirar pícaramente a una Beatriz sonrojada. Era como si adivinasen sus intenciones. Parecía que todos a su alrededor sabían que él, hacía ya tiempo, se sentía atraído por Beatriz y que por fin hoy se atrevería a invitarla a que fuera mañana a su fiesta de cumpleaños, en la que le declararía su amor. Pero era absurdo que alguien, aparte de sus inseparables amigos, supiese algo de sus sentimientos, pues él había procurado mantenerlos ocultos. Sin embargo, daba la impresión de que la gente en derredor estaba enterada, incluso la propia Beatriz. De modo que a Rubén no le quedó más remedio que respirar profundo, retener el aire, armarse de valor y caminar hacia lo inevitable. Fueron apenas unos cuantos pasos que le resultaron interminables, viendo cómo se acercaba muy despacio a Beatriz que poco a poco iba quedándose sola aunque les pedía a sus amigas que no la abandonasen.

Rubén avanzaba temblando y Beatriz permanecía inmóvil, con cosquillas en el estómago y sonriendo sin saber por qué, hasta que terminaron encontrándose solos, frente a frente, casi en el centro del patio del colegio, rodeados de una multitud que no hablaba ni se movía. Beatriz lo saludó con un tímido «¡Hola!», y con mejillas coloradas que se encendieron aún más después del saludo y del inesperado «Estás muy linda hoy» que se le escapó a un también ruborizado Rubén.

El pudoroso silencio que los envolvió por unos segundos durante la turbación de ambos le recordó a Rubén lo que había ido a hacer. Así que volvió a tomar aire, renovó su propósito y fijó su mirada en los ansiosos ojos negros de Beatriz que, años después lo supo, esperaba otra pregunta y no esa: «¿Me prestarías tu tarea de matemáticas?», que él dijo tímidamente. ▾

¿Me lleva?

El sol parece iluminarla más a ella que al resto de las personas y los objetos que atiborran la calle detrás del parque Urracá. El semáforo se pone rojo y ella alza la mano para que un taxi la espere. Se acerca al carro apresurando el paso con un hipnotizante bambolear de caderas anchas que nacen de una pequeña cintura. ¡Mmmm, y ese ombliguito afuera! Ta' rico el paisito. Sus pechos vencen el escote cuando se inclina a preguntar ¿Voy a Plaza Edison, en El Dorado, me lleva...?

Yo te llevaría al fin del mundo mi reina, pienso y río pa' dentro, en complicidad conmigo mismo. Sólo alcanzo a clavarle los ojos en su carita de ángel por unos segundos. Ella se hace la que no me ve y sube al taxi que se aleja tan pronto cambia la luz a verde... Qué suerte tiene el colega. Lástima que yo 'taba en el otro paño y tenía que recoger una carrera en Paitilla... Ojalá sea una guialsita tan buena como ésa.... Con pasajeras así, se le alegra el día a uno. ▼

Desde niño me da miedo apagar la luz de cualquier habitación y cerrar la puerta. Me imagino que una mano negra y peluda me agarra desde el otro lado. No pienso en qué pasa después. Nunca supe si me secuestraría a una dimensión desconocida o me encerraría con el resto de su monstruoso ser en el cuarto del momento. Me aterraba verlo por completo. Sus ojos debían ser rojo fuego. Siempre había sido un temor latente, hasta hoy. Su contacto me eriza la piel. ¡Es como lo había imaginado! ▾

Infierno verde

I

Mientras todo ese follaje se acerca, se alejan mis sueños. Cuando atraquemos en Aspinwall comenzará el fin. En realidad empezó desde que leí su carta. Si nunca lo hubiera sabido, la seguiría amando, casi idolatrando la pureza de su cuerpo y de su alma, tanto como su hermosura.

Creí que ambos compartíamos los mismos sueños desde que éramos chiquillos. Pero ahora comprendo que no es suficiente crecer juntos, correr en los mismos patios, compartir ilusiones y hasta tallar las iniciales de dos adolescentes en un árbol para asegurarse el amor de una mujer. Sin embargo, bastó un verano para que Margaret aniquilara los planes de toda una vida juntos. ¿Qué pensará la tía Sophy, su madre, si leyera como yo la angustiosa despedida que hace a Joshua, un mozalbete de corral, inclusive cinco años menor que ella y, además, negro? Tío George y mi padre se avergonzarían de los sórdidos detalles cuando describe sus encuentros amorosos. Todavía me cuesta imaginarlos revolcándose en el establo, sus cuerpos desnudos, sudados, llenos de paja, impregnándose del olor a estiércol y caballo. ¡Qué iluso yo! ¿Para qué respeta uno a una señorita y compra placeres sexuales con putas para ganar hombría y experiencia, pretendiendo guardar la honra de su prometida, si cuando la pasión le invade el vientre no le importan los valores morales ni sociales? De todas formas, Margaret, toda una damisela de la más alta sociedad bostoniana, merecía estrenarse en un lecho más decoroso que un establo.

A ella le fue fácil echar al traste la dignidad de dos familias y a mí me resulta imposible tirar por la borda esta maldita carta. Prefiero guardarla, más que como evidencia, como daga caliente en mi pecho, como eterno recordatorio de esta herida y como justificación del castigo que se merece. Tirarla al Atlántico hubiese sido en vano. El mar sólo correría las tintas del papel, pero no hay agua que limpie el pecado escrito en su piel.

El vapor toca los muelles de Aspinwall y el estruendo de las anclas irrumpe en mis oídos. Se van colando todos los ruidos del puerto, pero ni así se callan mis tormentos. Mi cabeza está tan ajetreada como esta ciudad costera. Aquí todo parece ir por su lado. Todo pasa aprisa. El desorden se aproxima al caos y, sin embargo, todo sigue su rumbo. El caluroso viento tampoco es capaz de despejar mi mente. La única pausa la pone Margaret. Viene con su traje blanco y su sombrero, que la brisa hace ondular suavemente. Parece suspenderse en el aire como un ángel. Sólo en este instante olvido que la odio, pero cierro los ojos y al abrirlos la desprecio otra vez.

En medio de tanta turbiedad citadina y mental, empiezo a entender algunas cosas. Por ejemplo, cuando suplicante Margaret me dijo «No me lleves a ese infierno verde», pensé que se refería al asfixiante calor, a esta humedad que ahoga, o al letal aguijón de los mosquitos. Fueron tantas las historias que uno escuchó sobre aventureros y bandidos que se ciñeron a esta ruta entre dos mares para ir a conquistar fortuna en California y lo que encontraron fue un atajo a la muerte. Pensé que todo aquello la asustaba, pero ahora sé que en realidad me pedía no alejarla de Joshua. Para ella sus brazos y su pecho son el cielo, como anota en su sucia carta.

Junto a Margaret camina Rachel, su joven sirvienta, que con cara de complicidad y remordimiento me mira inquiriendo si ya examiné la carta. Me la entregó antes de subir al vapor y me dijo que la leyera al llegar a puerto. Como el sobre estaba abierto, intuí que ella sabía su contenido. Y también comprendo el propósito de Rachel al dármela. Quería hundirme en celos igual que ella. Y lo logró. En mí se anclaron pensamientos de venganza y dolor.

De todos modos le va a tocar purgar conmigo esa pena porque ya estamos en Aspinwall y me encargaré de darle color a su averno en el transcurso de nuestra estadía en Panamá.

—Déjame ayudarte con el equipaje, querida. Tenemos que apurarnos para tomar el tren.

II

Estoy seguro de que todos en Boston se preguntarán por qué verdaderamente pido que envíen a Joshua a Panamá. No sé si la excusa de haber decidido quedarnos más tiempo y haber rentado una casa sea bastante convincente. No importa lo que piensen, muy pronto algún otro telegrama los enterará de los verdaderos motivos. Además, presiento que Joshua los adivina. Sería un tonto si no. El infeliz llega hoy y pondré fin a estos meses de zozobra. Él ha de venir dispuesto a todo, igual que yo.

Ni Margaret ni Rachel saben que lo mandé a buscar. Será una sorpresa para ambas, aunque muy breve. En ocasiones deseo no proseguir con esta venganza, pero cuando recuerdo la desfachatez con que ella lo admitió todo la ira se me encrespa. Pude haberla matado desde el primer día que llegamos. Sin embargo, preferí disimular por un rato. Nos hospedamos en un hotel próximo al Hospital Gorgas, cerca de El Chorrillo, donde tenía que atender unos asuntos para lograr venderles químicos y artículos de laboratorio de nuestra compañía en Estados Unidos.

Me avivaba el fuego de la rabia ver cómo Margaret se alegraba más y más con cada día que pasaba. Estaba ansiosa por volver junto a Joshua, más aún sabiendo que a nuestro regreso a Estados Unidos, yo partiría una semana después por dos meses a Europa. A mi vuelta de ese viaje nos casaríamos. Pero estoy seguro de que ella no pensaba en eso. Seguramente se escaparían para asombro de todos. Mas en esta ocasión la sorprendida fue ella al descubrir que no volveríamos a Boston.

Me di a la tarea de comprar una casa en El Chorrillo. La elegí muy bien. Era amplia, apartada, silenciosa y de madera. Otra sorprendida fue Rachel. Ambas me preguntaban por qué nos quedábamos. Yo les respondía que por negocios. Aquí nos quedaremos hasta que termine unos asuntos pendientes, expliqué. Sólo Rachel me cuestionaba que cuándo iba a hablar con la señorita, qué pensaba hacer. El silencio era mi respuesta. Desde el primer día que entramos a la casa, no las dejé salir.

La casa tenía dos habitaciones. En la más grande dormían las mujeres. Yo dormía solo en la otra, que quedaba justo en frente de la primera. También puedo asegurar que en todo ese tiempo Margaret no se percató de la ausencia de mis cortejos. Aunque nunca habíamos hecho el amor, yo siempre le dejaba escapar una que otra insinuación para que supiera cuánto la amaba y deseaba. Ahora comprendo que sólo yo esperaba ansioso el día de nuestra boda para desposarme con aquella virginal veinteañera. Pero, por lo visto, hay mujeres que no aprecian a los caballeros que las respetan. En fin, no importaba ya, dentro de poco le cobraría con creces el tiempo y el pudor invertidos.

Después de varias semanas de encierro, una noche las escuché discutir. Cuando entré al cuarto veo a Rachel de rodillas en el piso, sobándose la mejilla, llorando a mares. Al verme, Margaret se abalanzó sobre mí. Tuve que sujetar con fuerza sus manos convertidas en filosas garras. Aún así, llegó a aruñarme el cuello y el pecho. Me reprochaba el haber violado su intimidad, la cobardía de no haberla enfrentado y la maldad de mi encierro. En ese momento adivinó mis intenciones y yo las admití. Ante los ojos desbordados de Rachel, empecé a ahorcarla. Si tan sólo hubiera apretado más fuerte su cuello y no dejarla hablar... Sin embargo, una seca y asfixiada confesión de embarazo se escapó de su garganta. La noticia sólo me hizo postergar los planes, ampliarlos y agregar personas a la lista de castigo. Despúes, agarré a Rachel por el brazo, la llevé a mi cuarto y la forcé a tener sexo. No estrené a una veinteañera, pero si a una pobre chica de quince años, confundida y enamorada del hombre que me había robado a mi prometida.

Al día siguiente fui al correo y envié un telegrama y el dinero de un pasaje para que Joshua viniera, no sin antes amarrar a Margaret a una silla en su habitación y amenazar con severidad a Rachel en cuanto a cualquier intento de soltarla. Lo más que podía hacer por su patrona era alimentarla y darle agua. Así estuvieron por semanas, hasta que Joshua finalmente llegó hoy.

Le abrí la puerta y lo conduje al cuarto de Margaret. Sus ojos no creían la escena. Ella atada y amordazada, empapada de sudor y llanto. Y también, como percibiera su nariz, bañada en querosín. Rachel gritaba desde el cuarto contiguo.

No hablamos. Sólo tomé uno de los dos revólveres que tenía guardados y preparados en la cómoda y se lo arrojé. "Aléjate. Ve hasta la puerta", le ordené apuntándole. Él obedeció. Entonces bajé el arma y le dije "A la cuenta de tres, me matas o te mato. Si me matas te la llevas, si no, la mato a ella también". Conté lentamente y disparé rápido. Joshua rebotó contra la puerta y cayó muerto con el pecho destrozado.

Rachel, que logró abrir la cerradura de mi cuarto, entró y tropezó con el cadáver del hombre que amaba. Ahora las dos lo lloraban, con la diferencia de que al llanto de dolor de la sirvienta se sumaría uno de espanto. Allí, tendida en el piso abrazando a su amado fue testigo de cómo encendí una mecha e hice consumirse el cuerpo preñado de Margaret.

Así la hice pagar su traición y su pecado. Ardió aquí, frente a mí, antes de arder por siempre en el verdadero infierno. ▼

Pequeños novios

A todo el equipo de Producciones Rosch,
*por hacer de este cuento una película**

Han estado conversando en el sofá durante media hora. Eso no es nada nuevo. Desde que se hicieron novios, hace tres meses, Ernesto visita a Jacqueline casi todos los días. Ya se ha hecho costumbre que se quede con ella la tarde entera hasta que su madre, la señora Matilde, o Matty, como ella prefiere que la llamen, regresa del trabajo alrededor de las siete de la noche.

La señora Matty no ve nada malo en la relación de los muchachos. En su cabeza de madre no cabe que su niña, de sólo catorce años, tenga otro tipo de trato con un chico de su edad que no sea el de amigos, aunque ella insiste en llamarlo su novio. ¡Ah, los niños! —piensa, suspira y sonríe—. Cree que con el tiempo se les pasará ese febril enamoramiento y en el futuro se reirán de todo aquello que hoy dicen sentir, y ella, en secreto, también se reirá de ellos.

En una ocasión, cuando el juvenil noviazgo apenas comenzaba, la propia Matilde tuvo la iniciativa de invitar al amigo de su hija a cenar; más que por ser amable con él, por una inevitable curiosidad femenina de averiguar qué le veía Jacqueline a aquel joven y, muy en el fondo, pese a su confianza inexorable en su pequeña y en el efecto mitigador del tiempo sobre las ilusiones, por cierta precaución materna por conocer más a fondo al primer pretendiente de su única hija y así poder juzgar si le convenía o no. Para dicha de la pareja, el galán obtuvo la aprobación de la madre, aunque en realidad ninguno de los dos había solicitado su permiso.

Por lo que pudo ver en aquella oportunidad, y confirmar luego en breves conversaciones y una que otra cena, Ernesto era un buen muchacho. Era agradable y de buenos modales, y hasta un tanto serio y maduro para alguien de quince años. Inés, su madre, divorciada al igual que ella, lo había criado bien. Aparentemente no le ha faltado la presencia de su padre: un mujeriego al que casi no ve ni conoce, y al que, como el mismo chico admite con indiferente y cruda honestidad, no le interesa acercarse. Sin duda alguna, Ernesto es noble y sincero, y sus intenciones para con Jacqueline también; por lo que Matty no encuentra inconvenientes en que la visite. Es más, prefiere que esté con un amigo a que se quede sola en la casa. ¿Pero qué pensaría si los viera ahora?

Han dejado de conversar en el sofá y aprovechan el silencio para darse un beso. Eso tampoco es nada nuevo. Lo nuevo es la mano de Ernesto que se desliza por debajo de la falda y le acaricia la pierna, subiendo hacia su intimidad. Jacqueline se asusta: de él, del contacto de su mano con su muslo desnudo y de ella misma y de lo que siente. Le gusta. La pone nerviosa, pero le gusta ese hormiguear que la recorre entera. Piensa por un momento qué pensará mamá y más se asusta. Lo detiene. Pero besos y caricias reinician luego de que Ernesto prometiera tener calma. Jacqueline cierra los ojos y se entrega a las manos un tanto más comedidas de un Ernesto que ha dicho saber lo que hace y jurado detenerse cuando ella lo ordene. Pero de repente sus labios saltan de su boca al cuello; y sus manos no escudriñaban entre sus piernas sino entre sus pechos. Con cada roce crece el placer haciéndolo a él olvidar su promesa y a ella la calma pedida. El deseo los conduce como títeres a la habitación de Jacqueline y acaban metidos en la cama. Sus cuerpos calientan las sábanas frías. Aún así, el temor de Jacqueline persiste y en Ernesto, aunque lo disimule, también. Sin embargo, su miedo es distinto. A él no le preocupa dejar arrastrar su cuerpo por los cordeles de la pasión, ni si le dolerá o no, ni le importa lo que piense mamá. Le interesa más no delatar su asombro ante el primer cuerpo desnudo de mujer (si es que a Jacqueline se le puede llamar así) que tiene entre sus brazos. Le teme (más bien se avergüenza y la vergüenza le causa una especie de temor) a su inexperiencia, a su virginidad (al menos en eso su temor es similar al de su novia). Ha visto películas y revistas y ha oído hablar mucho a los otros muchachos del barrio que ya "lo han hecho", y todos coinciden en que es fácil y sabroso. Él, por su parte, sabe más o menos qué se siente porque ha practicado en el baño (lo cual le da una leve ventaja sobre Jacqueline); pero a fin de cuentas no sabe a ciencia cierta si deba aprenderlo todo en ese momento, con una mujer primeriza y temblorosa. Pero haga lo que haga, hasta donde lo haga, sólo quiere hacerlo bien. No quiere lucir como un chiquillo ignorante. Por el contrario, a Jacqueline sí le gustaría preservar la inocencia. Se debate entre la pueril ilusión de un mágico momento de amor soñado y esperado por tanto tiempo, y la palpitante realidad del deseo que arde en su piel. Lo ideal sería que fuese mayor, que estuviese casada, que no se sintiese culpable, avergonzada, que no tuviese tanto temor y tantas dudas. Ernesto ignora la encrucijada por la que atraviesan la mente, el cuerpo y el corazón de su compañera. Para él lo ideal es aquí y ahora. Se lanza a comprobar todo lo que dicen sus amigos sin importarle el suave detente, detente que implora su amiga. Irrumpe en su sexo. A Jacqueline le duele y se asusta. Se paraliza sintiéndolo en ella. En sus ojos se empozan lágrimas que corren por sus mejillas, no por el dolor, sino de vergüenza al pensar qué dirá su mamá.

Para Jacqueline todo terminó sin siquiera saber que había empezado, pero con el reproche a sí misma de no entender cómo lo permitió. Sólo sabe que sucedió y que no fue tan hermoso como lo había soñado. Para Ernesto, la increíble aventura de explorar el sexo con una chica, una vez cesada la tempestad de cosquilleos que le sobrevino por unos segundos resultó, más que sabrosa, breve. No hubo mucha diferencia con sus prácticas en el baño. Ni siquiera supo si lo disfrutó o no; si lo hizo bien o mal. Tampoco comprendía los ojos húmedos y la mirada asustada de Jacqueline al incorporarse, ni la súbita vergüenza que le sobrevino haciéndolo salir sin pronunciar palabra alguna. Desde entonces no volvió a pisar la casa de su amiga.

Jacqueline también hubiera querido huir como él, desaparecer. Mas no podía. Lo que sí hizo igual que él fue callarse. No le contó nada a nadie hasta que las náuseas y mareos la visitaron. Un susto nuevo la invadió y decidió hablar con Ernesto. «¿Estás segura?» «Tal vez es sólo un retraso» «Tenemos que salir de la duda».

La Duda fue lo que los persiguió los días que siguieron hasta que llegaron a la decisión que los condujo a ese sitio. Están sentados uno junto al otro, tomados de las manos, más que apoyándose, compartiendo temores. El lugar es estrecho, oscuro y sucio. De sus paredes descoloridas y desconchadas se desprenden olores de sudor, humedad y sabe-dios-qué medicinas. El que vive y trabaja allí se hace llamar médico. Su aspecto se asemeja al de su casa-clínica. Fue él quien les practicó las pruebas de embarazo y les sugirió el aborto. «A su edad es lo mejor. No arruinen sus vidas», les aconsejó a ambos. «Eres joven y fuerte, lo resistirás y te repondrás. Ya tendrás otros hijos, si quieres», dijo dirigiéndose a Jacqueline con un tono consolador para luego mirar a Ernesto y animarle «Por supuesto que tú también». Ambos habían decido acoger sus consejos y habían vuelto por la solución.

De la habitación de enfrente escapaban quejidos y gritos. Cuando se abrió la puerta vieron salir a una muchacha tan joven como ellos. Caminaba con dificultad apoyándose del brazo de un hombre mayor que ella, pero no lo suficiente como para ser su padre. Iba bañada en sudor y lágrimas. Quizá así, con cientos como ella, se originaba uno de los componentes que atufaban el recinto. A cada paso su rostro se contorsionaba de dolor. Lucía pálida y endeble. El sujeto que la sostenía estrechó la mano del doctor con un gesto que más que agradecimiento, parecía el cierre de un trato. Y con esa ambigua expresión congelada en su cara el médico miró a Jacqueline diciendo «Ven». La señaló con el dedo al ver que dudaba «Tú misma, ven». Enfatizó su llamado con movimientos de mano y cabeza y un enérgico «Apúrate» que le cambió la expresión anterior por una de enojo. Jacqueline no lo dudó más. Se paró y salió de allí. Ernesto fue detrás de ella. «¿Qué te pasa?» «Nacerá» «¿Estás loca?» «Lo voy a tener» «Pues no cuentes conmigo».

Los meses pasaron y la única persona con la que pudo contar fue con su madre, que por más que intercedió no pudo convencer a Inés de que la ayudara. Como es de esperar, ella le creyó más a su hijo, quien negó cualquier responsabilidad en el asunto.

«Puja, puja», le gritan. Y ella puja, y le duele y grita y puja. Siente que sus entrañas se revientan y sigue gritando y pujando hasta que un fuerte y saludable llanto le acaricia el alma. Sus ojos se humedecen de alegría al ver a la pequeña criatura que ha nacido mujer. «¿Qué sentirá mamá cuando la vea?», piensa. ▼

Cuento ganador de 9 premios en el Concurso de Video Argumental RPC/ Maxell '92, incluyendo Mejor Guión y Mejor Película

Una historia común

—¡**E**xplícame de qué se trata todo esto! —increpó Luis a Maruquel apenas entró a la casa poniendo casi en su cara el último libro de Ignacio Díaz Roca.

— ¿Pero qué te pasa? ¿Por qué me hablas así?

—¡Explícame, te dije!

—Pero, Luis, no sé qué te traes, es sólo una novela.

—No te hagas, Maru.

…

—¿Conocía usted a Maruquel Arciaga de Ponce?

—Sí—respondió secamente Ignacio Díaz Roca al capitán Manríquez del departamento de homicidios de la PTJ.

—¿Y a su esposo, Luis Ponce?

—También.

—¿Qué relación tenía con ellos?

—Ella trabajaba en la aseguradora de nuestra firma. A él lo había tratado, muy por encima, en alguno que otro evento literario.

…

—Siempre supe que tú y ese abogaducho y pseudo escritor se traían algo. Esos cuentos dizque de almuerzos de negocios nunca me los creí.

—¿De dónde inventas esas tonterías?

—No invento nada. Sólo lo confirmo. Mira, el muy cínico te describe página a página y cuenta abiertamente lo de ustedes. Sólo le faltó dar tu nombre y no llamarte sólo M.

—¡Por Dios!

...

—Según el señor Ponce, usted, en su última novela en la cual narra una aventura amorosa entre...

—Capitán, no tiene que resumirme el libro, yo lo escribí.

—¿Eran ciertas las sospechas de Luis Ponce?

—En absoluto.

—Sabe algo, para ser alguien que escribe tanto habla usted muy poco.

—Sólo respondo sus preguntas —sonrió Ignacio.

—Me agrada que sonría usted. Rompamos el hielo, relájese.

—Estoy relajado y tranquilo con mi conciencia. Pero comprenderá que ver el nombre de uno inmiscuido en un asesinato no es algo para reírse. Le ruego que no sea cínico. Pregunte lo que quiera y con gusto le responderé.

...

—Ven acá y contéstame, maldita sea— seguía gritando Luis desde el comedor.

—Cállate de una buena vez — ripostaba Maruquel a media escalera.— No tengo nada más que decirte.

Ya te dije que esa novela ni la he leído.

—Ni falta que hace, te sabes la historia.

—Estúpido...

—Y lo de Martín, ¿en verdad es hijo de él?

—¿Sabes algo? Esos celos tuyos no son por mí, sino por el libro, porque Ignacio, que se reparte entre su bufete y sus novelas, es mejor escritor que tú, periodista mediocre y autor frustrado — Después de descargar así su rabia, siguió subiendo.

—Ven acá — Con largos pasos Luis la alcanzó antes de que llegara al cuarto donde quería encerrarse para no escuchar más sandeces.—No vas a ningún lado sin contestarme antes...

—Suéltame...

—Me engañaste con ese imbécil. ¿Por qué? ¿Por su plata? ¿O sólo para joderme?

—Sí, sí te engañé, pero no con él. Sino con un limpio por ahí... No soy tan tonta como para enredarme con otro escritor... Y para que sepas, Martín sí es fruto de esa aventura...

—Eres una hija de puta — Luis cerró su insulto con una gaznatada que hizo rodar a Maruquel por las escaleras, causándole una mortal rotura del cuello.

...

—¿Tiene esta obra *Pecados con tu nombre*, algo de lo que ustedes los escritores llaman *"alter ego"*?

—Si insinúa que en mi novela proyecto algún episodio de mi vida, no es así.

—Eso no es lo que opina Luis Ponce.

—Es una lástima que él como escritor piense así. Quizá por eso se ha dedicado a escribir crónicas, libros de historia y dos novelas históricas de poca aceptación. En su obra deja poco espacio para la imaginación.

—A usted en cambio sí le ha ido bien con las

novelas históricas...

—Digamos que mi estilo es diferente.

—¿Por qué escribir una novela con esta trama y no mantenerse con el éxito que le han dando sus obras anteriores, la poesía y los cuentos.

—Todo verdadero autor tiene la necesidad de explorar.

—Una última pregunta, ¿si la novela se titula *Pecados con tu nombre*, por qué llamar a su personaje M y no darle un nombre concreto?

—M, de mujer, capitán. Ya le dije que en el fondo esta es la historia de cualquier hombre con cualquier mujer. Es un símbolo.

—M de muerte, Ignacio... Esperemos que no sea una señal. Las señales también son signos, ¿cierto? Vamos a tener que hablar en otra ocasión de pistas, señales, signos, códigos y demás. Por el momento puede irse. Y, señor Díaz, cuidado con lo que explora.

...

—Rumbo a casa, Ignacio hizo una llamada desde su celular.

— Hola, vida...

—¿Dónde estás?—preguntó una voz nerviosa, evidentemente preocupada por su situación.

—Voy a casa. Acabo de salir de la PTJ. El capitán estaba teso, pero peor va a estar Katia.

—Gordo, te dije que no escribieras eso, que era una historia común.

—Pero, Mónica, mi amor, es nuestra historia y te prometí hacerlo.

—Estás loco. Y te pasaste con ese detallito del hijo. Para qué inventas cosas que no son.

—No todo tenía que ser cierto. Te dije que iba a cambiar detalles, pero cómo adivinar que tu compañera andaba en lo mismo. ¡Qué vaina!

—El pobre Luis se equivocó por un cubículo. No estaba lejos de la verdadera historia. Tienes suerte de que Manuel no sepa leer entre líneas, porque de seguro va a leer la novela, después de los titulares todo Panamá va a querer leerla.

—Eso me conviene... Luego hablamos, vida, ya llegué. No sé qué explicarle a Katia. Te amo.

—Chao, yo también. Cuídate.

Para sorpresa suya, Katia no estaba en la sala esperándolo angustiada, llena de preguntas. La llamó varias veces pero no respondió. Subió al cuarto y allí la encontró, sentada al borde de la cama, apuntándole con el revólver que él hacía tiempo no portaba. Sólo le hizo una pregunta:

—¿Por qué ya no escribes sobre mí?

—Katia, mi amor, deja esa arma.

—Luis se equivocó de personaje. Yo no me voy a equivocar de autor.

Un disparo puso punto final a esta historia que Ignacio Díaz Roca nunca escribirá, pero yo sí. ¿Estaré dejando demasiadas evidencias? ▼

Marisela en las cartas

Confieso que siempre he sido un supersticioso. Siempre he creído en las voces de ultratumba y en los mensajes del más allá. Me apasiona todo lo referente al espiritismo, los mapas astrales y la lectura de manos. Soy un fiel creyente de que existe un sino pre-escrito y que las ánimas lo saben y nos lo comunican, sobre todo, a través de la lectura de las cartas… Pero nunca pensé volver a esta vieja casa a que me las leyeran; de hecho, no había vuelto desde aquella vez. Pero en fin, aquí estoy, sentado frente a Lupe… Todo sigue igual. Sí, todo, salvo que ahora es Lupe quien lanza e interpreta las barajas y no la vieja Mefista.

¡Ah sí!, lo recuerdo perfectamente. Era mi cumpleaños. Y qué mejor día que ese para una lectura clara y precisa, ya que para esa fecha todos los astros y las energías se concentran sobre uno. Vine donde Mefista porque deseaba saber lo que Marisela sentía por mí, y nadie mejor que ella para decírmelo.

—Dame las cartas, Pablo— me dijo Mefista interrumpiendo mis pensamientos. —No es necesario que las barajees tanto.

—Disculpe, Doña Mefista, sólo pensaba.

—Sí, seguro que pensabas, y sin lugar a dudas en un amor secreto.

Ese día llegué a creer que Mefista también tenía el poder de leer la mente. Sin hacer ningún gesto de asombro que me delatara, le entregué las cartas y ella empezó la lectura, mientras que la pequeña Lupe, siempre callada y misteriosa, observaba y aprendía.

Yo por mi parte no prestaba atención a lo que Mefista decía; tan sólo esperaba a que apareciera algo acerca de Marisela, hasta que por fin pareció salir ella en mi destino...

—...Veo a una mujer muy bonita que se interesa en ti... Veo que vas a tener muchos éxitos con ella...

—¡Lo sabía, lo sabía! —exclamé lleno de alegría interrumpiendo a Mefista.

—Espera, espera —continúo la adivinadora. —También veo tribulaciones y desencantos entre ambos... Vas a estar confundido y enojado, pero al final los veo a los dos juntos.

—Al menos es un final feliz —dije con cierto alivio después de la alarma.

—El destino no tiene final escrito, Pablo.

—¿A qué se refiere? —pregunté con asombro. —El destino ya está escrito. Si no fuera así, las cartas no podrían ser leídas y no tendríamos líneas en las manos.

—Escucha. Es cierto que el destino está escrito Tu destino de hoy lo escribiste ayer, y el de mañana lo estás escribiendo con tus actos de hoy. Pero en cuanto a que todo destino es inevitable, bueno, ni yo misma estoy tan segura. Todo depende de lo que hagas y de cómo lo hagas...

—Bueno, bueno, dejémoslo así —tuve que interrumpir bruscamente la absurda reflexión de Mefista, ya que aún no me había revelado lo que realmente deseaba saber y, además, me estaba impacientando y hasta decepcionando, así que fui al grano.

—Dígame, Doña Mefista, ¿no le pueden decir sus cartas el nombre de esa mujer?

—¡Claro que pueden!—respondió Mefista con indignación.

—¿Qué dicen?—pregunté ansioso.

—Aquí está escrito: Mari…

—¡Lo sabía, lo sabía! —interrumpí a la adivinadora lleno de emoción—. Ahora sólo me falta ver a Maricela y declararle mi amor.

—Si yo fuera tú, dejaría que las cosas sigan su curso, de lo contrario podrías alterar el destino —me advirtió Mefista al ver mis intenciones. — Si ya sabes que algo bueno te espera no pretendas que pase antes de tiempo; podrías echarlo todo a perder. Tampoco interpretes lo que te revelan las cartas; te puedes equivocar. Sólo vive normalmente y espera.

—Pero no ve que ya está escrito, y lo escrito sucede a como dé lugar. Mire lo que le pasó a Edipo.

—Edipo quiso escapar de su destino, tú quieres atrapar al tuyo; cuál de los dos es peor, no sé. Pero en fin, no voy a insistir. Ya cumplí con advertírtelo.

—No se preocupe, Doña Mefista, que nada va a pasar.

Y sin decir más salí lleno de júbilo rumbo a mi casa. En el fondo me sentía decepcionado con la vieja. Nunca imaginé que ella me aconsejaría algo semejante. Era como si me advirtiese que no creyera en las cartas. No entendía su tono de voz tan alarmante. Quizá era que no quería escuchar sus consejos porque podrían quitarme el valor del que me había armado para enfrentarme a Marisela. Nada ni nadie impediría que al día siguiente empezáramos una unión que duraría el resto de nuestras vidas. Pero en realidad no tuve que esperar tanto.

Faltando pocos metros para llegar vi algo que me dejó sin palabras. Era Marisela esperándome al pie de mi casa. Era increíble. ¡El destino!, pensé. Sin duda era él quien la ponía en mi camino. Aquello confirmaba lo de las cartas y demostraba que Mefista se equivocaba con sus temores.

De lo que no me había percatado era que Marisela no estaba sola. La acompañaba otra chica que de momento no reconocí puesto que sólo tenía ojos para ella. Fue al llegar hasta la puerta de mi casa cuando me di cuenta de que la acompañante de Marisela era Marisel Gutiérrez, una chica nueva en el colegio a la que había tratado muy poco.

Apenas me detuve los tres nos saludamos y de inmediato Marisel se aproximó a mí, me entregó una tarjeta y con una tímida sonrisa me deseó feliz cumpleaños. Le agradecí a ambas. Era un bonito gesto, pero Gutiérrez sobraba. Yo estaba seguro de que había sido idea de Marisela, quien por no atreverse a ir sola la había llevado…

—¿Cómo te acordaste, Marisela?

—En realidad no fui yo — respondió y miró a su acompañante, haciendo un leve movimiento de cabeza como para darle la palabra.

—Bueno… Sí… Yo… Me acordé y vinimos a felicitarte.

—A propósito, me alegra que vinieras porque tengo que hablar contigo. Marisel, ¿nos podrías dejar solos unos minutos?

—Está bien, pero ¿por qué no lees la tarjeta?

—(Pero qué necedad con la tarjeta) La leo luego —le dije medio molesto—, pero ahora déjanos solos, es importante.

Tuve la impresión de que a Marisel se le aguaron los ojos. Quizá no era necesario ser un grosero, pero funcionó. Cruzó a la esquina de enfrente y me dejó solo con Marisela, quien no tardó en reprochar mi conducta.

—Eres un grosero. Ella solamente…

—Ella estorbaba. Yo necesito decirte que lo sé todo.

—¿Y qué es lo que sabes?

—Basta ya de fingir. Sé que me quieres. El destino nos une y yo no aguanto más y... Y la besé dejándome arrastrar por un impulso que ella cortó con una bofetada.

—Atrevido, idiota, loco. ¿Cómo crees que yo me fijaría en ti sabiendo que le interesas a Marisel? Aléjate de mí. No me hables nunca más... ¡Mari, vámonos! Éste se volvió loco.

Santo cielo, qué confusión. Marisela llamó Mari a Marisel y se marchó como si la correteara un fantasma, mientras yo seguía atónito y aturdido tras la cachetada.

Marisel se acercó y me dijo entre sollozos y lágrimas, ahora sí evidentes:

—Sabes Pablo, es una lástima que te fijes en Marisela porque yo...

El llanto le impidió terminar, pero no le faltaron fuerzas para mandarme al diablo y darme su respectiva gaznatada. En ese momento comprendí a Mefista...

—Pablo, Pablo, despierta.

—¡Ah! Disculpa Lupe, es que estaba recordando algo.

—Sí, lo sé.

—(De seguro lee la mente igual que su abuela).

—Dime Pablo, ¿hay algo en especial que quieras saber?

—Mira Lupe, mi esposa está esperando nuestro primer hijo. Yo quiero saber cuántos vamos a tener en el futuro, y el orden en que van a nacer, niño o niña. ¿Puedes decírmelo?

—¡Claro que puedo! Sólo dime, ¿cómo se llama tu esposa? Marisel, ¿verdad? ▼

Gris

La alarma del celular me despertó a las 5:45 a.m. como de costumbre. A tientas con la mano, todavía con el sueño imponiéndose sobre mi cuerpo, agarré el control remoto y encendí el televisor, en el canal con el noticiero de la mañana. Tengo esa manía. En realidad no lo veo ni lo escucho con atención. Lo hago más que para estar informado, para despabilarme con las voces de los locutores. En seguida dejé la cama por el lado izquierdo como es lo habitual en mi caso. Laura dormiría 15 minutos más y yo la despertaría al salir del baño. Tomé mis anteojos de la mesita de noche, casi con un movimiento grabado, pues siempre los dejo en la misma esquina sobre el libro que esté leyendo. Nunca me acuesto sin leer. Es un viejo hábito que aún conservo. Sólo que ahora leo hasta que Laura empiece a quejarse de la tenue luz de mi pequeña lámpara de mesa, que no sé cómo puede incomodarla, o hasta que sus ronquidos sean más fuertes que mi concentración.

Me dirigí al baño y una vez frente al lavabo automáticamente abrí el grifo y recogí agua fría en las manos para mojarme la cara y terminar de ahuyentar el sueño escurriéndome las lagañas. Luego me puse los lentes y no pude creer la visión que tenía ante mis ojos en ese momento. Aquello superaba cualquier evento de las novelas que hubiera podido leer. Cuando vi mi reflejo en el espejo me di cuenta de que me había tornado gris, completamente. Era una gran mancha, aburrida, monocromática, sin contraste. Me palpé el rostro con la esperanza de que fuera una capa de pintura lo que me cubría, pero noté que mis manos también estaban de ese color. El susto y la desesperación aumentaron. Rasgué mis pijamas y todo mi cuerpo tenía la misma condición. ¿Por qué me estaba pasando esto? ¿Cómo...?

Quizá no importaba ya. Honestamente, no era de extrañar que me ocurriera.

Creo conocer la causa. Hacía años que venía sintiéndome así, cada vez más opaco. Ya no era el mismo de antes. Esa chispa y ese buen humor que me caracterizaban habían ido desvaneciéndose. Yo se lo reclamaba a Laura. Nuestra vida se está tornando monótona, le decía. Lo que pasa es que tú no quieres madurar, no te das cuenta de que ya no eres como tus amigos. Eres un hombre casado, con un hogar y otras responsabilidades. No puedes seguir con el ritmo que llevabas antes. Y así se iba, con una perorata de argumentos a los que fui cediendo. Abandoné muchas de las actividades a las que me entregaba con gozo. Dejé de frecuentar a varios de mis amigos del colegio y la universidad, hasta que ya ninguno me llamaba, ni siquiera para informarme si se reunirían o no el fin de semana para jugar fútbol. Sabían que no podían contar conmigo. De seguro estaría enredado con Laura en algún compromiso familiar. ¿Cómo le permití sumirme en tanta monotonía? ¿Con qué derecho se cree ella para apoderarse de las pequeñas sandeces, como les dice, que le dan color a mi vida? Coño, trabajo duro toda la semana, no soy mujeriego ni parrandero. Ni siquiera la he engañado. Me han faltado cojones, no ganas, ni oportunidades. A veces me siento tan pendejo... Yo también me fajo en la oficina y no vivo quejándome. No me pongo a llamar a mis amigas para irme por allí, me reprochaba. Pero qué culpa tengo yo de que ella nunca fuera mujer de tener compinches o pasatiempos. Ojalá los tuviera. No me molestaría, en lo absoluto, verla un par de horas menos. En cambio yo siempre fui de andar con mi gallada. Era un hombre jovial y popular. Ahora soy una sombra. Tu obligación es primero conmigo, con los niños y con la familia, me recordaba cada vez que cerraba el teléfono después de convenir algún compromiso con un amigo. Me merezco esta decoloración por permitirle tantas vejaciones a mi tiempo y a mi espacio. Pero esto no se queda así. Le voy a reclamar la usurpación a mi individualidad, a mi yo. Quiero que se asuste al ver todo lo opaca y aburrida que se ha vuelto mi vida por ella. Quiero que le remuerda la conciencia, si es que tiene.

Fui hasta la cama. Ella todavía roncaba bocabajo. La zarandeé con brusquedad por la espalda para que se despertara de inmediato. Sus ojos se abrieron al verme tanto como los míos al descubrir que ella también se había tornado gris.

Pero ella aún no lo sabe. Ignora que yo en este instante soy su espejo. ¿Qué más tendremos en común en esta monocroma vida que compartimos? ¿Nos quedará la posibilidad de recuperar algunos colores? ▼

Años después

No sé cómo ni cuándo comenzó esta historia. Quizás se inició súbitamente desde el momento que la vi por primera vez; o quizás fue poco a poco entre conversación y conversación... No sé, no sé... Lo que sí sé, —bueno, al menos me atrevería a asegurarlo— , es que todo recomenzó en Cambridge, un par de años después...

Aquel viernes acabaron los exámenes finales y decidimos celebrarlo a la inglesa. Eso significaba ir a beber cerveza a algún *pub*. Alguien sugirió el *Anchor* y los demás asentimos.

Cuando llegamos aún era temprano y el sitio estaba casi vacío; sólo un par de gentes en algunas mesas y otras tantas sentadas en la barra. Allí, de espaldas a mí, conversando con unas amigas, estaba ella. Apenas podía ver su rostro cuando lo volteaba de un lado a otro en el curso de su coloquio. El peinado que llevaba le cubría parcialmente ambos perfiles, sin embargo la reconocí de inmediato. Su risa, sus gestos, sus movimientos eran los mismos. Me acerqué sigilosamente hasta ella y sin temor a equivocarme me puse a su lado y le pregunté: ¿quieres salir conmigo esta noche?...

...

—Está bien…. No, no importa…. Otra vez será. Chao! — …¡Tonta! Pero qué otra vez ni que otra vez, me dije. Se ha creído que soy un estúpido, pensé. No es posible que cada vez que la invite a salir tenga algo que hacer. Esta será la última vez que la llamo, me juré. Pero por qué diablos Marta no acepta salir conmigo. Acaso me hiede la boca, o es que simplemente le desagrado, me pregunté. ¿Por qué ya no me trata como antes? ¿Por qué de pronto se ha vuelto esquiva e indiferente conmigo?... No sé... No sé. Pero decidí que si ella no quería verme yo le facilitaría el trabajo. Me juré, una vez más, que no la llamaría ni la buscaría aunque me muriese de ganas. Pensé que el no vernos por un rato la haría extrañarme. ¡Qué tonto fui! Al día siguiente supe que esa misma noche salió con Carlos, que supuestamente era mi mejor amigo en ese entonces.

…

—Pensé que no te gustaban los lugares muy llenos.

—Éste no está lleno.

—Todavía no, pero ya se llenará. Es mejor quedarnos aquí afuera. Hay menos ruido; se puede conversar mejor.

—¿Pero, y tus amigos, y mis amigas?

—No te preocupes por ellos. Parecen divertirse. No creo que les hagamos falta.

—Sí, tienes razón.

—Pero, cuéntame, qué haces….

—Te hacía en Estados….

—Las damas primero. Pregunta tú.

…

Cuando se sentó a mi lado y me habló no podía creer que fuera él. De entre todos los rincones del mundo jamás pensé que lo encontraría allí, en Cambridge. Bueno, con esto no estoy diciendo que estuviera como loca buscándolo, sino que simplemente hacía ya tiempo que no tenía idea de su paradero desde que se había ido de Panamá a Miami. Pero por fortuna nos topamos allí en el *Anchor* y misteriosamente todo comenzó nuevamente entre los dos —si es que acaso hubo algo alguna vez —, tomando cerveza y conversando una noche junto al río *Camb*.

Mientras hablábamos me miraba fija y suavemente, como siempre. Su conversación era fluida y amena, también como siempre. El tono de su voz, cálido, distendido y amable; ahora un poco más grave. Físicamente estaba más apuesto. Aunque sus facciones y gestos eran los mismos, había engordado un poco y los lentes que ahora usaba le daban a su rostro un aire maduro e intelectual que lo hacía verse aún más interesante.

Confieso que cuando conocí a Gabriel ni siquiera me llamó la atención. Sin embargo, siempre se sentaba a mi lado en el curso de inglés y conversábamos antes, después y hasta durante las clases y, con el tiempo, tengo que admitirlo, comencé a sentirme a gusto con él. Era dulce y amable conmigo. Cuando salíamos me acompañaba hasta que vinieran a buscarme. Una vez se ofreció a llevarme hasta mi casa; le dije que sí y sin darme cuenta le tomé tanta confianza que quedó incluso recogiéndome y regresándome todos los días. Mi mamá no tardó en preguntarme quién era ese muchacho tan simpático y hasta llegó a suponer que éramos novios a escondidas de ella. Lo cierto es que entre nosotros únicamente existía una buena amistad que se acrecentó bastante aquel verano.

Cuando terminó el curso de inglés ya no nos veíamos con tanta frecuencia, pero me llamaba casi todos los días y los fines de semana casi siempre salíamos en grupo. Él se mostraba especialmente atento conmigo;

tanto que de pronto surgieron los inevitables comentarios y las fastidiosas preguntas de la gente. Pero no los culpo. De seguro se percataron de que en ocasiones, en alguna fiesta o reunión, entre el fervor de gentes, risas, música y chistes se topaban, tímidas y suaves, su mirada y la mía. Había algo en sus ojos que me confundía. Era algo que me gustaba y me ponía nerviosa a la vez. Yo no sabía cómo manejar aquella situación, porque, si bien es cierto que él me simpatizaba, no estaba segura de quererlo. Lo peor del caso era que los comentarios seguían, y eso me incomodaba. Sobre todo porque fue en una de esas fiestas a finales del verano cuando conocí a Carlos.

. . .

—Así que sólo vas a estar aquí dos semanas.
—Así es.
—Pues tendremos que aprovechar el tiempo al máximo.
—A propósito, ¿qué vas hacer mañana por la noche?
—No tengo nada planeado.
—¿Te gustaría ir a la discoteca?
—¡Tú invitándome a salir! ¡No puede ser!
—Es en serio.
—¿Solos?
—Bueno, dile a un par de tus amigos y yo les diré a mis amigas que nos acompañen.
—Preferiría que fuéramos solos.
—Yo también.

. . .

Era irónicamente gracioso. Estuve un año tras ella y nunca logré convencerla de que saliéramos solos. Ahora, de pronto, ella me invitaba a mí. Cuando estábamos en Panamá lo más que pude conseguir fue que me acompañara a un par de fiestas (y me refiero a un par). Pero en las fiestas sólo hablábamos un poco y, cuando lograba convencerla, bailábamos un rato. La mayor parte del tiempo estábamos separados; ella conversando por un lado y yo por el otro. Me parecía que mantener la distancia era lo mejor. Yo no quería caerle pesado ni incomodarla. Ella era, y aún es, una persona independiente y amante de su espacio.

Me conformaba con verla desde lejos. Me parecía hermoso distraerme; sentirla; levantar la mirada buscándola y encontrar, sin quererlo, sus ojos marrones mirándome y perderme por un segundo en la ingenuidad de su mirada. Aquel momento era una breve y apacible pausa, en la que se apagaban música, risas y voces, que se rompía tras el silencio de dos tímidas sonrisas. Aquel encuentro de ojos era como el de dos niños traviesos que se escapan de sus casas sin permiso de sus padres, citándose clandestinamente en un parque; y cuando al fin se encuentran están tan nerviosos y llenos de pudor que ya ninguno sabe qué hacer y deciden mejor volver a sus hogares. Pero regresan con esa extraña sensación en la que confrontan el alivio de no haber hecho nada de qué arrepentirse y la frustración de arrepentirse de no haber hecho nada; la seguridad de dejar las cosas como están contra la incertidumbre de saber qué hubiera pasado si se hubieran quedado; y ese agridulce sentimiento de complicidad que les hace confiar en que nadie lo sabrá *versus* la inquietante vergüenza que produce el perenne temor de que alguien los haya descubierto.

...

—Es una lástima que aquí no pongan salsa ni merengue.

—Si mal no recuerdo, antes no te gustaba bailar ni salsa ni merengue.

—Es culpa tuya que ahora me gusten.

—¡¿Culpa mía?!

—Sí. Después de todo, tú fuiste el primero que me enseñó a bailar salsa. ¿No te acuerdas?.

—Más o menos.

—"Más o menos"... Mira cómo te burlas... ¡Cielos! Recuerdo que era bien torpe. Me daba pena que la gente me mirara. Yo siempre te decía que no, que yo no sabía bailar eso y tú salías con que no era posible que una panameña no bailara salsa...

—"Yo no soy panameña. Soy española", me contestabas.

—Y tú insistías: "Pero vives en Panamá, tienes que aprender".

—Vaya si tuve que insistir. Me costó trabajo convencerte.

—De seguro te costó más trabajo enseñarme.

—Para nada. Aprendiste bien y rápido.

—Gracias a ti, maestro.

—Y a Carlos. El fue quien terminó de darte las lecciones. A propósito, qué hay de Carlos. Todavía tú y él...

—No, ya no. Hace dos años terminamos.

—Te diría que lo siento, pero no es verdad. Te advertí que él no te convenía.

—Sí, lo hiciste.

—¿Y se puede saber por qué terminaron?

—Me dejó por Raquel.

—¡¿Por Raquel?!

—No te rías, que es verdad. El año pasado se casaron.

—¡¿Carlos y Raquel?!... No lo puedo creer, no lo puedo creer...

...

Allí estaba yo, muerto de celos bebiendo y ella feliz de la vida bailando con Carlos a quien acababa de conocer unas semanas antes. Me pareció injusto, desconsiderado y de muy mal gusto de su parte que después de haberla recogido y llevado a la fiesta ella se quedara bailando con él y a mí me ignorase por completo. Pero en fin, era otro desdén más que tendría que aguantar.

En realidad no me molestaba que bailara con Carlos o con cualquier otro, lo que no soportaba era que ya no se cruzaran, ni por un instante, nuestras miradas. Ahora solamente tenía ojos para Carlos. Toda su atención, todo su espacio, toda su alegría eran para él; y la culpa era mía por haberlos presentado. También sería mi culpa si él la enamoraba y luego le hacía algún daño. Si realmente lo conociera se andaría con cuidado.

Mis cavilaciones fueron interrumpidas por el cambio de música: ahora tocaban salsa. Pararon de bailar. Carlos la dejó en la mesa y fue a buscarle una soda: era mi oportunidad. Corrí a sacarla: «Es hora de continuar con tus lecciones», le dije. «Estoy cansada», me contestó; pero insistí (como de costumbre) y de mala gana bailó conmigo. Aproveché (ahora creo que en mal momento) para advertirle que Carlos no le convenía. Ella se limitó a sonreírse y ni siquiera me hizo caso. Casi enseguida, como si supiera lo que estaba diciéndole, se acercó Carlos e interrumpió nuestro baile —muy gentilmente por cierto— para darle la soda que había ido a buscarle. Qué astuto el Carlos. Fue una jugada un tanto cursi pero le funcionó. Ella se excusó y se retiró a su mesa a tomarse la maldita soda y allí se quedó el resto de la noche hablando y bailando, incluso las salsas y los merengues, con Carlos.

Por mi parte yo también me retiré a una mesa que improvisé junto a la nevera de las cervezas y seguí bebiendo solo y celoso casi toda la noche. Digo que casi, porque a ratos me percataba de la presencia de Raquel que no sé en qué momento se introdujo en mi improvisado y estratégico rincón, desde donde podía apreciar con privacidad y con masoquista resignación cómo Carlos se robaba con extrema habilidad seductora, descarada rapidez y mucho éxito la ilusión de amor que tan celosamente había guardado los últimos meses. Nadie sabía de mi amor por ella; al menos no a ciencia cierta. No quería que se supiese, porque tan pronto la gente se entera, se entromete y lo echa todo a perder, así que lo disimulaba lo mejor posible, y si me preguntaban algo lo negaba. Sin embargo, ni Carlos ni ella ocultaban nada, sino todo lo contrario. Creo que fue inútil esconder mi amor. Tal vez, si lo hubiese hecho público, como Carlos, las cosas hubiesen sido diferentes. Pero ya era demasiado tarde, él se me adelantó y no podía hacer nada para evitarlo. Era obvio que se atraían. Todos en la fiesta lo notaron y no faltaron quienes me dirigiesen miradas de mofa o de compasión. Por fortuna tenía a mi lado cervezas para enfriar la ira que me hervía en la sangre y a Raquel para que no mirasen tanto. Esa noche en casa de Ricky me sentí frustrado e impotente y me pareció estar viviendo el peor momento de mi vida, sin saber que no sería nada en comparación a lo que sentiría unos meses más tarde en la fiesta de cumpleaños del propio Carlos.

Creo que de no haber sido por la compañía de Raquel las cosas hubieran sido peores. Esa noche me sirvió de escudo y de arma de batalla y terminó siendo mi chofer a la hora de irme a casa. Más adelante se volvió mi refugio, mi consuelo, mi confidente, mi amiga y, por error y despecho, mi amante...

Ciertamente era difícil creer que Carlos y Raquel terminaran juntos, y más aún casados, pero no era motivo de tanta risa, y menos para él, que salió con ella durante más de un año.

...

Aunque siempre supe que no se querían me molestaba verlos juntos. Era obvio que andaban sólo para darnos celos a Carlos y a mí. Y era exactamente eso lo que me molestaba que hiciese. En lo que respecta a Raquel, podía entender que alguien como ella, que llevaba buen tiempo correteando abierta e infructuosamente a Carlos, se comportase de esa manera tan infantil y adoptase un recurso tan burdo en un intento desesperado por llamar su atención. Sin embargo, él no tenía porqué tratarme de igual manera. Hasta donde tenía entendido nosotros solo éramos buenos amigos. Yo no sabía con certeza lo que él sentía por mí en ese entonces y, aparte de los rumores, él nunca me dijo nada sobre sus verdaderos sentimientos y yo, sinceramente, creo que no quería que lo hiciese. Incluso prefería que los negara, como luego supe que lo hacía. Pero sintiese lo que sintiese eso no le daba derecho de portarse como lo hizo aquella noche en la fiesta de Ricky.

La primera vez que dijo que Carlos no me convenía no le hice mayor caso; había estado bebiendo desde que llegamos y pensé que lo decía por molestar. Luego se sentó en una mesa con Raquel y se pasó el resto de la noche con ella. Pero no me dejaba tranquila. Continuó bebiendo desmedidamente y se embriagó hasta tal punto que se puso insoportable e impertinente. Cada vez que salía a bailar con Carlos él salía con Raquel y con una botella de cerveza en la mano; se situaba justo al lado de nosotros y nos tropezaba una y otra vez; se disculpaba con mucho sarcasmo; me decía lo hermosa que lucía y me susurraba al oído que dejara a Carlos y me buscara mejor compañía. Pero el colmo de los colmos fue cuando pusieron la tanda de los *regaes*. Todavía botella en mano, estrechó con ímpetu a Raquel contra su cuerpo, cosa que también la tomó a ella por sorpresa, y mientras la pobre luchaba por separarse, él movía sus caderas en sinuoso compás y gritaba "Carlos no te conviene, mira de lo que te pierdes". Carlos no aguantó más, los separó a empujones y amenazó con golpearlo si no se comportaba con respeto. Ricky y otro intervinieron para que una pelea no dañara la fiesta, pero sus esfuerzos fueron en vano, y Carlos cumplió su amenaza tras la persistente necedad de Gabriel. El golpe que le propinó fue tan fuerte que lo hizo retroceder cuatro pasos y caer en la piscina. Si no fuera porque Ricky se lanzó al agua a sacarlo, el pobre se hubiese ahogado de lo borracho que estaba. Lo único bueno del incidente fue que el golpe y el chapuzón le devolvieron un poco de sobriedad. Pero pasado el susto y la pena, calmados los ánimos y arruinada la fiesta, el conflicto reinició cuando vio que Carlos me llevaría de vuelta a mi casa: me sujetó del brazo e insistió en llevarme. Decía que él era un caballero y que si me había sacado de mi casa él me regresaría, y añadía que no permitiría que mi madre viese a su hija salir con un hombre y regresar con otro. Pese a que estaba más calmado, sumamente avergonzado y bastante mojado, aún no tenía las condiciones para conducir un auto, y definitivamente que no iba a irme con él. Traté de explicárselo de la manera más amable posible, pero su empeño era más fuerte que mis razones y nuevamente Carlos hubiera recurrido a los golpes de no ser esta vez por Raquel que lo convenció de que no eran necesarios y persuadió a Gabriel de dejarme ir y lo llevó a su casa.

Fue un episodio terrible el que me hizo vivir esa noche; sin embargo, se reivindicó con las dos maravillosas semanas que pasamos juntos en Cambridge.

Hicimos de todo: recorrimos las calles de la ciudad en bicicleta, fuimos a remar y de picnic al río *Camb*, a una feria de juegos mecánicos, pasamos un fin de semana en Londres: visitamos los museos, fuimos al teatro a ver *Cats*, e incluso me acompañó de compras, por lo que tuve que ir con él a ver un juego de fútbol entre Brasil e Inglaterra al estadio *Wimbley* en donde salté, grité y me divertí como loca apoyando al equipo visitante en medio de miles de enloquecidos fanáticos británicos que vieron a los de casa perder...

…

El tiempo parecía regalarnos minutos extras que nos alcanzaban para hacer miles de cosas en un día: desayunar juntos, pasear juntos, almorzar juntos y cenar juntos, ir a bailar o sentarnos en la hierba del parque a decidir entre si ir al gimnasio o ensuciarnos de arcilla en una cancha de tenis, o planear el resto del día y la noche; pero siempre se nos ocurría algo que hacer juntos, siempre juntos. Nos divertíamos como chiquillos. Quizás uno se divierte más como chiquillo a los veintiséis que a los diecisiete, o quizás nos hacía falta esta soledad de los dos, esta ausencia de miradas, rumores, preguntas y comentarios en un país extraño donde sólo existíamos ella y yo para poder divertirnos. Pero hubiese sido bueno pasar momentos así en Panamá. De cualquier forma, no lo hicimos y ya no éramos chiquillos. Éramos personas distintas. Ella había perdido la timidez y la inocencia de aquellos años, pero de sus ojos no se había extinguido el brillo de entusiasmo por la vida que gritaba desde su alma traducido en espontaneidad, alegría y dulzura en todo lo que hacía. Por eso me resultaba tan grata su compañía. Sin embargo, el tiempo de estar juntos se nos había terminado. Mañana ella partiría para España y en unos meses yo volvería a Panamá, y nos alejaríamos nuevamente. Habíamos decidido terminar nuestro mágico reencuentro en Cambridge donde había comenzado: En el *Anchor Pub*. Mas ninguno de los dos había dicho nada del tema de nuestra pronta despedida. Cuando salimos del bar sólo caminábamos en silencio, bajo una taciturna noche de apacible brisa y enorme luna que nos tentó a detenernos a contemplarla desde un solitario puente. ¡Oh, Dios!, el paisaje, la noche, la brisa, los suspiros, las sonrisas, las miradas y el corazón acelerado en la quietud del momento entretejían, en armoniosa complicidad, un ambiente propicio para besarla y confesarle en un impulso que la amaba, que siempre la había amado, pero...

…

En esas semanas (las mejores de mi vida), descubrí a un hombre de personalidad y pensamientos maduros, pero con el mismo brío de aquel adolescente lleno de vigor que conocí años atrás, que me trató con tanta ternura y de una manera tan especial que me hizo recordar todo el candor con que solía ver la vida a los diecisiete años, y a la vez arrepentirme de todas las invitaciones que le rechacé en Panamá. De haber sabido los hermosos momentos que se pasaban a su lado, de haberme atrevido a aceptar su amor en ese entonces, me hubiese enamorado de él mucho antes, y no hubiese esperado a que me atormentara la duda de no saber si me quería todavía. Se nos terminaron las dos semanas y en ningún momento me propuso ni dijo nada que hablase de alguna intención de amor. Ni siquiera intentó besarme, ni siquiera aquella nuestra última noche en Cambridge cuando, parados sobre un puente, bajo la luz de la luna, mientras me prometía acompañarme al aeropuerto, introdujo su mano en el abrigo y me entregó una rosa. Fui yo la que, erizada la piel de la emoción , cerré los ojos y busqué con mis temblorosos y entreabiertos labios los de él, pero su mano detuvo con ternura el lento y ciego avance de mi impaciente beso y me dijo, con una voz tan suave como las caricias de su mano en mi mejilla, que si me besaba tan sólo una vez, querría besarme para siempre y me recordó que después de mañana quién sabría cuando nos volveríamos a ver. Entonces volvió a mi mente y a mi corazón el recuerdo de nuestro primer adiós y con un nudo en la garganta le reclamé por qué se había ido sin avisar, por qué se dejó perder el rastro y nunca contestó mis cartas. Le reproché, con sollozos y abrazada a él, que por su culpa no nos habíamos vuelto a ver...

Ella tenía razón. Quien se marchó sin avisar y guardó la distancia fui yo. Creí que estando lejos la olvidaría (y tal vez si no la hubiera encontrado aquel viernes en Cambridge lo hubiera logrado), así que decidí seguir los planes de estudio que mis padres me tenían trazados y partí para Estados Unidos y luego para Inglaterra, huyendo, más que de ella, de los celos que me invadieron desde que la vi entrar en la habitación de Carlos y no la vi salir. Carlos tenía fama de tomarse a todas las chicas con las que andaba. A mí me constaba que no era cierto pero también sabía que no perdonaba a las que entraban en su habitación. Quería volverme loco. Podía tolerar verlos juntos, e incluso que se abrazasen y besasen en mi presencia. Eso no significa nada. Los besos y los abrazos del enamoramiento suelen ser pasajeros, y más con alguien como Carlos, aunque se llevase más de un año con él. Pero la simple idea de que se le entregase aniquilaba todas mis esperanzas de que algún día terminasen y entonces yo pudiera ganarme su amor. Si ella aceptaba ser de él, significaba que lo amaba. Ella sólo se entregaría por amor... ¡Maldita sea!, ¿por qué no salían de la habitación? No esperé a averiguarlo. Los celos, la rabia y la desilusión revoloteaban en todo mi ser revolviéndome en ardor cabeza, pecho y estómago. Estaba desesperado. No sabía qué hacer, pero tenía que hacer algo. Por un momento pensé en confirmar mi sospecha, sólo tomé a Raquel del brazo, la aparté con brusquedad de donde estaba conversando, le dije que nos íbamos y salimos de la casa y de la fiesta de Carlos. Nunca supe lo que pasó o no pasó entre ellos en aquel cuarto, pero sí sé lo que pasó aquella noche entre Raquel y yo.
Después de esa noche dejé de verla y de llamarla y centré toda mi atención y mis pasiones en Raquel, a

quien admito que le había tomado mucho cariño, mas no la amaba. A quien amaba era a Marta; pero no tenía el valor de verla a la cara. Sabía que en cuanto la tuviera en frente buscaría en sus ojos la sutil luz de la inocencia y temía no encontrarla. Por eso fue que cuando todo estuvo listo para mi viaje no quise despedirme; pero no podía partir sin decirle tan sólo una vez más que la amaba. Así que fui a su casa a sabiendas de que no iba estar allí y le dejé con su madre una cadenita con un dige de corazón, una tarjeta graciosa de esas que se guardan en la cartera y una nota de adiós en la que únicamente escribí que sentía no estar para su cumpleaños, que le deseaba éxitos y la firmé con un te quiero esperando que comprendiera.

Esa era la única vez en que más o menos le había confesado que la quería. Aparentemente las despedidas son el mejor momento para decirlo. Y yo esperaba que así fuera, porque en dos semanas que estuvimos juntos jamás se lo dije; y mi última oportunidad sería allí en el aeropuerto Heathrow...

—Entonces, ¿nos veremos en Panamá en diciembre?
—Allí estaré. Palabra de *boy scout.*
—Gabriel, yo...
—Marta, yo... Las damas primero
—Es usted muy amable, señor.
—Ya lo sé, no hace falta que me lo digas.
—Cállate y déjame hablar. En serio, Gabriel, que estas dos semanas han sido inolvidables, y sólo quería agradecerte una vez más por todo y advertirte que esta vez como no escribas te mato.
—Entonces escribiré.
—Más te vale. Bueno, ¿qué me ibas a decir?
—Marta, yo, te quería decir que te...Bueno, más bien quería preguntarte algo. No tienes que contestarme

enseguida. Tómate tu tiempo. Es más, puedes contestarme cuando nos veamos en Panamá...

—¿Me vas a preguntar sí o no?

—Aceptarías salir conmigo el resto de tu vida?

—¿Cómo...?

Su pregunta me dejó fuera de base. Vaya lugar, vaya momento y vaya forma de preguntarlo. Definitivamente la respuesta que debía darle merecía ser pensada dos veces, sin embargo le contesté allí mismo, y un año después se lo confirmé ante un altar repitiéndole que sí. ⅴ

Pensándolo bien

Desayunar solo nunca te ha gustado, y menos un domingo. En realidad no te agrada la soledad, en ningún momento. La sensación de abandono que te produce tanto silencio te sabe mal, y es peor con un café que te queda tan amargo. Jamás aprendiste a prepararlo como a ti te gusta. Ni eso, ni nada. Sabes muy bien cómo quieres las cosas y sabes pedirlas, con claras órdenes si es necesario. Pero a la hora de emprender una tarea, en particular las domésticas, te cuesta un mundo realizarlas. Es que tú naciste para ser jefe, como decía tu madre. Por suerte, la educación que esa viuda se fajó por darte en el extranjero y en parte tu arrolladora personalidad y tu agradable conversación, te abrieron paso en una exitosa carrera dentro de importantes bancos. Pero fuera de la oficina y desprovisto de subordinados, eres prácticamente un inútil. En el fondo, nunca supiste valerte por ti mismo. Siempre hubo alguien en casa que te cuidara o cumpliera tus mandatos. Sobre todo, mujeres. Primero fue tu madre, casi por treinta años, luego Claudia y, hasta hace dos meses, Tatiana. Hubo otras, sobre todo cuando viviste en México y California, pero fueron tan pasajeras que no vale la pena ni el intento de recordarlas.

Tienes que admitir que ser hijo único te convirtió en un consentido. Pero a esta altura de tu vida no vas a culpar a tu madre por la sobreprotección con que te crió. Bien que le sacaste partido. Pero si por lo menos te hubiera enseñado a preparar café. Nadie lo hacía como ella, sólo Claudia, que le aprendió la receta. Tatiana llegó tarde, mejor dicho, irrumpió. De todos modos no crees que le hubiera interesado heredar ese secreto materno. Por más que le explicaste cómo te gustaba, jamás lo preparó bien. Y, después de todo, tú tampoco. Por eso, ninguna vez se lo reprochaste. Sin embargo, debe de haber notado que nunca te tomaste una taza entera de las que te servía.

Tatiana te robó la calma de un modo irreflexivo. Cuando notabas que te miraba de soslayo, con la carita gacha y una sonrisa encendida, te provocaba sacarla de la oficina y llevártela a algún sitio donde su cuerpo delgado, joven y firme pudiera ondular sobre el tuyo. No te importó enredarte con una universitaria, apenas una practicante en el departamento de crédito del banco, a la que casi le triplicabas la edad. En poco más de dos décadas de matrimonio, era la primera vez que cedías a tus impulsos. Jamás te imaginaste que tú, un serio y respetable banquero y hombre de familia, volverías a las discotecas, cenas románticas y camas escondidas, hasta envolverte en un escándalo de faldas.

La noticia de tus amoríos devastó a Claudia. Sobre todo porque lo supo de boca tuya. Directo y sin misericordia le dijiste que te habías dado cuenta de que ya no la querías. Claro que se lo confesaste después de seis meses de intensas fantasías hechas realidad con Tatiana. Quizá si no hubieras sido tan tajante, tan definitivo, ella hubiera olvidado tu infidelidad, pero el desamor es imposible de perdonar. Tus hijas ya estaban grandes, así que, a pesar de la decepción, no te reprocharon más allá de lo normal en esos casos, pero de un modo silencioso tomaron partido por su mamá y cada vez las veías menos, hasta que casi se las tragó la tierra.

La última vez que viste a tu familia fue hace tres años, en la boda de Gladys, la menor de tus tres hijas. A pesar de que te pidieron que no llevaras a Tatiana, no hiciste caso. Después te arrepentiste de arruinarles la ceremonia y la recepción. Pero en ese momento tú querías darle su lugar a tu nueva compañera. A más de un año de vivir con ella, considerabas que era lo más justo. Además, la fiesta la estabas pagando tú. Claro que todas las mujeres y antiguas amistades hablarán pestes de nosotros, le dijiste, pero qué importa. Luego calmaste aún más el mal trago que también le hiciste pasar a Tatiana aquella noche contándole que no faltaron amigos que te elogiaran por la hermosa hembrita que te habías conseguido. Por su parte, Claudia no te dirigió la palabra más de lo debidamente protocolar. Tienes que admitir que se veía hermosa. Te preguntas cómo estará, si mantendrá su encanto. Ahora te das cuenta de que te hace falta. La extrañas a ella más que a la otra.

Tatiana fue un torbellino que te enloqueció. Te perdiste entre sus piernas y te ahogaste con sus besos. Su ímpetu y juventud te hicieron renovar viejas fuerzas y antiguas actividades que disfrutabas. Además de las noches de rumba, que sinceramente nunca fueron un deleite para ti, renovaste los paseos a la playa. Eso sí te hacía feliz. Era tal el punto de la ilusión recuperada que compraste esa inmensa casa para retirarte allí con ella. ¿Por qué no lo planeaste antes? Sólo lo pensaste, pero nunca lo compartiste con Claudia y las niñas. Alquilar aquel apartamento les resultó suficiente hasta que ellas crecieron y se iban de paseo por su cuenta. Pero a ti te hubiera gustado seguir con esa deliciosa actividad. Sin embargo, se impusieron otras, y el silencio fue asentando sombras en las afinidades entre tú y tu esposa. Quizá les pasó aquello que llaman rutina. Sin embargo, uno se habitúa y hasta puede vivir bien en ese mundo sombrío de las costumbres, porque sabes en qué zonas te mueves tú y en cuáles la otra persona. Ese es un aprendizaje en doble vía que sólo se adquiere con los años, aunque a veces hay que recapitular lecciones.

Y, ahora, en tu gran y desordenada casa sola, entre el batir de las olas y el susurrar de la brisa, fuiste entendiendo que Tatiana, al igual que tú, quería alguien que la cuidara. De pronto por eso se fijó en un tipo que podía ser su padre. No puedes culparla de haber empacado y marcharse dejándote una breve nota de adiós y un *me voy con Roberto*, ese amigo suyo de la universidad, *él sí es como yo*. En esa última frase leíste "él es de mi edad". Pero, en verdad, la diferencia cronológica no era el problema, sino tu maldita dependencia en el cuidado de las mujeres. Reconoces que si bien al principio, y por primera vez en tu vida, sentiste el deseo de proteger a alguien, muy pronto retomaste tu vieja actitud de niño grande y cada vez más ibas haciéndola estar más pendiente de ti y de tus cosas. Con todo y eso te aguantó cinco años. Pero no te culpes tú tampoco, los hábitos de vida son difíciles de romper. No importa la edad. Y ella también tenía los suyos. Era como un pajarito, podría resignarse a una jaula, pero jamás sería feliz. Todavía estaba en la etapa de la despreocupación y, como ella te decía, de salir a "hacer desorden". Y eso lo reflejaba en la casa. La tenía manga por hombro. Era pésima manteniendo el orden. Ni siquiera cuando le tenías a las sirvientas ayudándola. Tú, ni hablar. Ni ahora que vives solo sabes dónde pones las cosas. ¿Ves? Todos necesitan un complemento. Claudia era el tuyo. Dos distraídos y egoístas que se creen los únicos en la tierra son mala combinación.

Intenta ordenar y aclarar tus pensamientos y emociones. Los tienes como a la casa, todos desacomodados. Nada está como debiera. Tal vez si te sacudieras la depresión que te abate hace algunos meses desde que Tatiana se fue y te descubriste solo en esa edad otoñal que tanto temes. Bien mirado, nada de esto debió pasar, pero tú lo permitiste. Quizá si llamaras a Claudia y le pidieras perdón y retomaran la cotidiana felicidad donde la dejaron. Puede que aún te quiera. Sabes por ciertas amistades que le fue duro recuperarse. Alzas el teléfono y marcas su número.

Tal vez si del otro lado no hubiera contestado la voz gruesa y madura de un hombre, hubiera sido posible recuperarla. Pero era muy pretencioso aspirar a que ella no rehiciera su vida. Cuelgas. ¿Cuánto tiempo creíste que te iba a esperar? Pensándolo bien, vas a tener que madurar y acostumbrarte a la soledad. Quizá lo más que puedes hacer es volver a contratar una sirvienta para que, por lo menos, arregle la casa. Y ojalá que sepa o aprenda a preparar el café como a ti te gusta. ▼

Una rosa

Cuando Marianela volvió del que sería su último viaje a Bogotá, encontró entristecidos los rosales. Decidió regarlos y podarlos para mejorarles el aspecto, y mientras lo hacía les conversaba sus alegrías para ver si lograba contentarlos.

«Al fin encontré al hombre que me regaló la rosa», les dijo con voz emocionada. «Se llama Lorenzo Reyes y vive en Panamá».

También les relató cómo un viejo vendedor de flores en el aeropuerto le dio un ramo de rosas en nombre de Lorenzo Reyes, como muestra de que todavía sentía amor por ella, y le entregó una tarjeta con su dirección y teléfono.

«Hoy mismo lo llamaré», les confesó casi en secreto a las flores, como si quisiese que ellas fueran sus únicas confidentes. Pero los rosales parecían decididos a no entusiasmarse por más alegrías que les participara Marianela.

Antes, hubiera bastado su sola presencia para que todas las rosas se estremecieran de contento y de sus pétalos se desprendiera un intenso aroma capaz de endulzar la atmósfera del patio y de la casa, anunciando que Marianela estaba haciéndoles compañía. Sin embargo, esta vez era distinto. Ellas intuían que

Marianela, tan pronto terminara su labor de jardinería aquella tarde, se marcharía con Lorenzo para poner fin a tantos años de espera.

Cuando Lorenzo vio a Marianela por primera vez, ella tendría apenas trece o catorce años, pero de su cuerpo se asomaban ya trazos de mujer que despertarían en cualquier hombre una comprensible lujuria, a no ser por su rostro angelical que inspiraba tal ternura que provocaba protegerla de la gente y su maldad, para eternizar esa sensación de tranquilidad que irradiaba a cada paso de su andar. Desde ese instante, Lorenzo le comentó a David, su amigo de toda la vida y socio del negocio que empezaban juntos, lo linda que le parecía aquella chiquilla. Decía que mirarla era sereno —como estar en paz consigo mismo y con el mundo—, y no dejó de contemplarla durante la casi media hora que estuvieron en el aeropuerto de Bogotá, esperando su vuelo de regreso a Panamá. Por supuesto que ella se dio cuenta de que Lorenzo la observaba y aunque la inquietó un poco no le disgustó, pues él no lo hacía con la perversidad con la que ya antes se había sentido mirada. Los que sí parecieron disgustarse fueron los dos hombres que la acompañaban, sus tíos. El grupo lo completaban una viejita, evidentemente su abuela, quien incluso fue la primera en percatarse del embelesamiento de Lorenzo por su nieta (y hasta parecía halagada por ello), y un niño de ocho años, al que cuidaba como a un hermano, y que nunca se dio por enterado de aquel cruce de miradas que sólo terminó cuando por el altavoz se anunció la salida del próximo vuelo a Cali. Después de los besos y abrazos de despedida, Lorenzo y David supieron que los viajantes eran la abuela y sus nietos.

Lorenzo se estremeció con la sola idea de no verla nunca más; la miró con intensidad para grabársela en el recuerdo. Y para que ella no lo olvidara, corrió hasta donde un viejo que vendía rosas; le compró una y llegó corriendo hasta donde ella, antes de que entrara a la sala de espera; le entregó la rosa, sin decir palabra, y las mejillas de ambos parecieron teñirse con el color de la flor, mientras intercambiaban miradas y sonrisas en silencio y con calma, hasta que los tíos interrumpieron ese breve y amoroso instante de quietud.

«Sólo se la regalo por hermosa», les explicó Lorenzo cuando le preguntaron con evidente molestia y desconfianza qué intenciones tenía con su sobrina. «Veinticinco», les contestó cuando inquirieron su edad; y no alcanzó a decir nada cuando le advirtieron que no se metiese con niñas, entre otras cosas por las oportunas intervenciones de la abuela, que reprochó a los tíos su comportamiento tan grosero ante la amabilidad del joven, y por el aviso por el altavoz de que era hora de abordar su avión.

Lorenzo hizo el viaje prácticamente ausente, encerrado en sus pensamientos. Sólo hablaba para referirse a ella: a su encanto, a sus ojos, a su indescifrable ternura... David le aconsejaba que la olvidara; le repetía que era casi una niña, que seguramente no la volvería a ver. Pero él replicaba que se sentía enamorado y que algo muy dentro de sí le daba la certeza de que, tarde o temprano, sus miradas se toparían otra vez.

Por motivo de negocios, Lorenzo y David volvieron muchas veces a Bogotá. Lorenzo la buscaba por todas partes, sobre todo en el aeropuerto en donde pasaba las horas de espera con la ilusión de verla cruzar frente a él. Pero jamás la vio.

El único que volvió a saber de ella fue Adriano, el viejo vendedor de rosas del aeropuerto.

La había visto una sola vez, hacía ya tres meses. Fue él quien les contó que se llamaba Marianela y que a sus veintidós años era aún más hermosa.

«Llevaba puesta en el cabello la rosa más grande

y linda que jamás hubiese visto», les dijo. «Así supe que debía ser ella».

Adriano la detuvo y le entregó once rosas según lo acordado (en cada viaje a Bogotá, Lorenzo le daba a Adriano el dinero equivalente a una rosa con la condición de que le entregase a Marianela las flores acumuladas en su nombre). Ella recibió el obsequio con sorpresa, agrado y entusiasmo. Le preguntó a Adriano, con verdadero interés, el nombre de tan gentil caballero y entonces él recordó darle la tarjeta de presentación que Lorenzo le había dado para ser entregada con las rosas si se producía el encuentro.

Por Adriano también supieron que Marianela prometió llamar al señor Lorenzo Reyes en la primera oportunidad que tuviese. Le dijo que lo recordaba muy bien, y hasta le confesó que sentía un especial y grande afecto por él, aunque sólo lo hubiese visto cuando le regaló aquella rosa, que nunca, en nueve años, había perdido su textura.

Marianela le contó también a Adriano cómo la primera rosa que le dio Lorenzo se abrió en cuestión de minutos mientras ella la contemplaba en el avión de vuelta a Cali. Nunca había visto los pétalos de una rosa desplegarse tan rápido y con tanto donaire y frescura. Su abuela le explicó que la gente decía que una rosa sólo llegaba a abrirse con todo su esplendor y belleza cuando era dada con verdadero cariño.

A los pocos días, el patio de su casa se llenó de hermosos rosales. Nadie entendía cómo de la nada germinaron y crecieron aquellos rosales en los que sus enormes flores rojas, blancas y amarillas, al moverse con el vaivén del viento, daban a la vista la impresión de llamas de fuego. Pero Marianela y su abuela estaban convencidas de que aquello era una prueba fehaciente del amor con que el joven del aeropuerto le había obsequiado la rosa. Desde ese momento Marianela la llevaba siempre consigo; tenía el presentimiento de que algún día volvería a encontrarse con el hombre que tan fervorosamente la había amado todos esos años y al que ella había correspondido cuidando los rosales con amor. Pensaba que con la rosa él la reconocería con mayor facilidad.

Lorenzo se alegró, casi con locura, al enterarse de que el amor que sentía era recíproco. Y David no pudo menos que alegrarse con él. Sin embargo, Adriano, que prácticamente había participado en la búsqueda de Marianela con tanto fervor como Lorenzo, y tanta paciencia como David, no parecía igual de alegre. Entonces Lorenzo lo presintió: Marianela no había llamado a pesar de haber dicho que lo haría. No era posible que en tres meses no hubiese podido hacer una llamada.

«¿Qué has sabido de Marianela?», inquirió David, adivinando la pregunta que Lorenzo no se atrevía a hacer.

Adriano les dio la noticia de que hacía tres días el hermano menor de Marianela había ido a buscarlo para informarle que su hermana había enfermado luego de pincharse con una espina de una rosa blanca, mientras regaba y podaba los rosales que repentinamente habían comenzado a marchitarse. A los nueve días murió, ardiendo en calenturas y sudando una fiebre que bañaba su piel como a las flores el rocío. Los médicos no encontraron explicación alguna; pese al calor que calcinaba sus entrañas, todo parecía estar bien. Su rostro jamás palideció. Jamás. Ni siquiera después de muerta y de secos los rosales, que durante su convalecencia habían recuperado su eterno aspecto primaveral como para animarla a seguir viviendo. Pero cuando Marianela cerró sus párpados, ellos recogieron sus hojas y sus pétalos, contorsionados por el dolor, y decidieron acompañarla en sus sueños.

Lo único que Marianela pidió durante su agonía fue que le entregasen su rosa al señor Lorenzo Reyes y le dijeran que siempre lo había amado.

En el avión, Lorenzo estuvo más callado que nunca. No hizo más que contemplar, con rabia y tristeza, la flor, que a pesar de la tragedia seguía lindísima. Lo único que murmuró en todo el viaje fue que las rosas, celosas, se la habían quitado. ▼

Despedida

¿Cuál es la necesidad de hacer del laberinto
un lugar con más pasillos retorcidos?
"Crecer para nacer" - Julina Pérez

Primero pensé borrarte, cibernéticamente. Me refiero a arrastrar esa carpeta donde guardo tantas historias nuestras que inspiraron poemas, cuentos, letras de canciones, incluso el comienzo de una novela y, por supuesto, cientos de cartas de amor que ya habrás leído y quién sabe qué habrás hecho de ellas. Quizá la sensación de arrastrar tu nombre hasta un basurero virtual me hiciera sentir como aquellos dichosos cavernícolas que podían jalar a las mujeres por los cabellos, garrote en mano, sin que nadie les dijera nada. Pero las pantallas de las computadoras son muy lisas. Faltaría la aspereza de la piedra real, el olor putrefacto de un tinaco auténtico, y no uno tan antiséptico como el de los procesadores. Y para empeorar mi venganza, el recorrido de la carpeta es muy corto y en línea recta. Por desgracia el mundo ha cambiado con tantos milenios, y no necesariamente para mejor. Ahora son las mujeres las que hacen de nosotros lo que se les antoja y nos tiran como piltrafas viejas. Pero reflexioné y comprendí que de ese modo sólo te sacaría de la PC, pero seguirías archivada en mi corazón y en mi cabeza. Así que cambié de opinión e imprimí todo lo que había escrito sobre ti, todas esas historias que protagonizas y nos cuentan, y fui hasta el Puente de Las Américas para lanzarlas al agua. Parecían gaviotas rectangulares mientras flotaban en descenso al mar. Detrás de ellas me lanzaría yo... Si vieras qué fresca se siente la brisa parado fuera de las barandas de este majestuoso símbolo de orgullo nacional. Irónicamente, los puentes unen, pero yo desde aquí terminaría nuestra separación... Me marcharía para siempre de ti... Cerré los ojos para pensarte por última vez y antes de saltar la brisa volvió a acariciarme con suave insistencia. Así ha de ser la esperanza si la dejamos tocarnos. Mientras que el agua allá abajo debe golpear muy duro si se entra de golpe y nos deja sin segundas vueltas. Quizá deba darme la oportunidad de extrañarte un rato más. Tal vez es que soy un cobarde o simplemente no te amo tanto. De todos modos, ahora que lo recuerdo no había escrito mi carta de despedida. Definitivamente, soy un mal suicida. ⍗

ntes de irse, besa toda su espalda, suave y lento, cuesta abajo, siguiendo el surco de su columna. Ella, con sensuales gemidos, le deja saber que su piel saborea cada beso. Se despereza como gata mientras él sigue bajando con sus labios, hasta llegar a la pequeña rosa que tiene tatuada en la nalga. También allí, le da un beso y un mordisco. Ella se voltea, con felina agilidad, le rodea los hombros con sus largas piernas y le dice bésame. Él la obedece y termina siguiendo a sus instintos. Hacen el amor una vez más. A veces quisiera ser su marido.

Él vuelve a casa. Su esposa lo aguarda sentada a la mesa. Esta vez no se levanta a saludarlo. Tampoco tiene la cena servida, esperándolo. Luce pálida, ensimismada. Hay una mezcla de susto y rabia en su mirada y otras emociones que no llega a descifrar. ¿Será el embarazo? Se acerca para consolarla y preguntarle qué le pasa. Logra abrazarla, pero ella rehuye sus besos. Le entrega un sobre con los resultados: VIH, positivo. ▾

Más allá de lo carnal

Sé que quieres hacer el amor, pero en este momento yo necesito escribir. Digamos que estoy por tener una eyaculación creativa. Disculpa, sí, fue un mal chiste. Pero espérame tantito. No. Te prometo que esta vez no voy a amanecer escribiendo. Tengo en mente un cuento corto. Serán sólo dos páginas, más o menos. Dame una media hora. De verdad, te lo juro. ¿Cómo que estoy obsesionado con la publicación de mi primer libro? Oye, tú sabes que esto es lo que me apasiona y le dedico el mayor tiempo libre que me sea posible. Por fin alguien se interesa en mi material. Sólo me falta un cuento para completar la cantidad que me pidieron. Todavía tengo que revisar y entregar todo listo la otra semana. No voy a perder esta oportunidad. ¿Y después qué? Eso qué importa. Por lo menos me moriré con un libro publicado. Pues sí, quizá me los tenga que comer todos. Ya veremos. Apenas estoy empezando mi carrera. Si no fuera porque en este país no se puede vivir de la literatura, renunciaría al laboratorio. ¡Ay, por favor! No es cierto que ya casi no te toco. Apenas anteayer lo hicimos. Bueno, sí, claro, no hace tanto era más seguido. Vamos, es normal que con el tiempo la pasión disminuya. Eso le sucede a todas las parejas. Qué sé yo si pasa o no pasa en diez meses. Es la primera vez que me traigo a una mujer a vivir en mi apartamento. No, no es una indirecta. No te estoy reclamando ni echando en cara que tú sí viviste con alguien antes. Créeme que lo que hubo entre tú y Eduardo y cómo haya sido me tiene sin cuidado. Además, en el tiempo que hemos convivido no creo que tengas quejas de mí en ese aspecto. ¿O sí? No, no te estoy pidiendo que compares, ni que revivas nada. Sé muy bien que lo dejaste por mí y sé que eso se murió. Sólo entiende que la libido de cada persona es diferente. Cómo que lo digo por experiencia. ¡Claro que he tenido otras mujeres! ¡Qué importa cuántas! Fueron relaciones breves, nada serio. Ninguna como tú. Lo que siento por ti es intenso. Aunque no me creas nunca me he enamorado así. No, no te estoy comparando yo ahora. ¿Y qué con Laura? Olvídate de ella, ¿sí? Está bien, nunca lo he negado, ella fue especial para mí. Pero de un modo diferente. ¡Qué necia eres! ¡Oh, Dios! No me salgas con eso. ¿Cómo que si no he amado nunca de dónde saco inspiración para escribir cosas románticas? Vamos, tampoco es que soy de piedra. Por supuesto que he sentido ciertas emociones y vivido ciertas experiencias, y las que no, me las invento, punto. Pero eso no es el tema, no me cambies la conversación. El asunto es que te estoy pidiendo que me dejes escribir. Y luego te prometo que… No me digas ahora que quiero a mis cuentos y novelas más que a ti. Tú sabes que no es verdad. ¿Qué por qué tengo que terminarlo ya y no después de hacer el amor? Porque no voy a estar concentrado en la cama contigo y se me va a escapar la idea para mi relato y ninguna de las dos cosas las voy a hacer bien. Así de simple… Mi amor, mira, nosotros los escritores, y los artistas en general, tenemos otra forma de alcanzar el éxtasis. Es algo más allá de lo carnal. Es una necesidad que se apodera de uno, repartiéndose entre lo hormonal y lo espiritual. Trata de comprender. ¿Qué después no me queje? ¿De qué me voy a quejar? ¿Por qué dices que es tarde? Son las doce y dieciocho, según mi reloj. Si no fuera por el tiempo que hemos perdido en esta absurda discusión ya estaríamos acostados, divirtiéndonos. ¡Ah!, ahora resulta que estás cansada y no quieres esperar. ¿Cuántas veces no hemos hecho el amor en la madrugada, inclusive en la mañanita, antes de ir a trabajar? Antes cualquier hora te parecía buena para hacerlo. Yo hasta te despertaba para eso, pero ahora estás cansada. ¿Cómo que no entiendo nada? Bueno, explícate. ¡Ah!, ya veo. ¡Cansada de mí! Entiendo. De repente tienes razón, sí, este es el orden de mis prioridades, primero mi cuento y luego tú. Así es. Al menos en este momento. Quizá no seas la mujer para este capítulo de mi vida. Lo siento, no quise ser irónico… Está bien, abre la puerta y vete. Sí, vete. Termina con lo nuestro. Lo primero es lo primero. Yo abriré mi laptop y terminaré mi relato. ▼

Índice

Pecados con tu nombre
de Luigi Lescure,
se terminó de imprimir digitalmente en
Universal Books en abril 2007.
La edición estuvo a cargo del editor.